華語說詞解字

Lengua china
Morfología y Etimología

何萬儀、劉莉美　著

淡江大學出版中心

當西方語言遇到東方說詞

校長序

本校西班牙語文學系成立於民國 51 年，為台灣最悠久的西語教學中心。西班牙語以使用人口計算，為世界第三大語言，同時是聯合國六大官方語言之一，更是非洲聯盟，歐盟和南方共同市場的官方語言，重要性自然不可言喻。因此，致力於培育本國翻譯人才及深化西語國家的文化研究，畢業系友遍布外交、政治、經貿、教育各界，傑出人才不計其數。

隨著亞洲經濟崛起，全球學習華語文及培育華語教育人員的潛在需求增高，為強化現有利基，102 學年度起外語學院推動「外語華語教學學分學程」，設計英、西、法、德、日、俄 6 類語種的華語教學相關課程，並開設「華語師資實務課程培訓班」，以培養具備外語專長的學生投入華語教學行列，推廣華語文化及提高就業力。

何萬儀、劉莉美兩位老師，擁有語言學專業，教授運用西班牙語進行華語教學課程多年。今將專為西語人士撰寫的華語教材，合著為《華語說詞解字》，內容從中國文字起源入手，由字的演變規律，辭彙的形成與分析，探索文化底蘊，期能為現今華語教學及其未來發展，有所助益。值此書出版之際，特為之序。

淡江大學校長

張家宜

謹識於 2018 年 7 月

Diálogo entre las lenguas de Oriente y Occidente

Prólogo de la rectora

Fundado en 1962, el departamento de Lengua y Literatura Españolas de la Universidad de Tamkang es uno de los centros de enseñanza de español más antiguos de Taiwán. Siendo, por número de hablantes, el tercer idioma más hablado del mundo, y una de las lenguas oficiales de la ONU, UE, Mercasur y OUA, nuestro departamento tiene como objetivo formar intérpretes y profundizar en la investigación de la cultura de los países hispanohablantes. Además, nuestros graduados de español contribuyen en áreas de la sociedad como la educación, la diplomacia, la política o la economía.

Como consecuencia del pujante desarrollo económico en Asia, ha aumentado el interés por aprender chino y la demanda de docentes cualificados de este idioma. En este sentido, nuestra facultad de Lenguas y Literaturas Extranjeras promueve especializaciones y cursos sobre enseñanza de chino en 6 idiomas: inglés, español, francés, alemán, japonés y ruso. Con estos cursos se prepara a los alumnos con especialidades en lenguas extranjeras para dedicarse a la enseñanza de la lengua china, al tiempo que amplían el conocimiento de la cultura oriental y capacitan para el acceso a los mejores puestos de trabajo.

Las profesoras Wan-I Her y Li Mei Liu Liu, expertas en lingüística y enenseñanza de chino, han realizado un fructífero trabajo como docentes en estos campos. Lengua china. Morfología y Etimología, obra orientada a estudiantes hispanófonos, disecciona y describe la lengua china, desde la evolución etimológica de su escritura hasta la formación de sus palabras. Con la satisfacción que me produce prologarlo, espero que este libro coadyuve a la enseñanza delchino y a la proyección en el futuro de este bello idioma.

Flora Chia-I Chang
Rectora de la Universidad Tamkang
Julio de 2018

ÍNDICE

SEGUNDA PARTE

PRIMERA PARTE: FORMACIÓN DE PALABRAS EN CHINO

1.NOCIONES ESENCIALES DE MORFOLOGÍA EN CHINO

1.1. INTRODUCCIÓN

El término "chino moderno" se conoce tan sólo desde hace unas décadas. El 4 de mayo de 1919 nació el chino moderno con la llamada "Revolución Literaria". Por entonces se escribía en un lenguaje relativamente sofisticado denominado "estilo literario" y se hablaba "el lenguaje de los oficiales" o también conocido como "mandarín". Esta referencia histórica resulta necesaria para explicar ciertas características y distintos niveles del chino moderno,[1] especialmente, su vocabulario, dado el tiempo relativamente corto desde su abandono y su influencia omnipresente sobre el chino actual. Cuando hablamos del "chino mandarín", nos referimos al dialecto hablado en Pekín (= Beijing). Este dialecto (y sus variantes) es ampliamente usado en el norte, noroeste y nordeste. La razón por la que el mandarín goce de un privilegio exclusivo se debe principalmente a la importancia de Pekín, que ha sido la capital de China desde la Dinastía Yuan (finales del siglo XIII - siglo XIV). La preeminencia política de Pekín hizo que su dialecto se convirtiera en el habla estándar entre los oficiales de alto rango durante siglos. Así, tanto por su privilegio absoluto como por su empleo en gran parte de China, el "chino mandarín" ha llegado a ser el dialecto más importante en los últimos siglos. En el siglo pasado, ambos gobiernos chinos (el nacionalista en Taiwán y el comunista en la China Continental) promovieron una "lengua nacional" con el fin de unificar el habla china. Para ello los dos gobiernos han elegido

---

1.Es decir, el lenguaje del habla cotidiana y el lenguaje escrito. En los documentos formales u oficiales aún se conserva el lenguaje clásico, mientras que en el resto de los escritos, tales como periódicos, revistas, cartas personales, etc., se usa el lenguaje más elaborado que el habla pero menos sofisticado que el clásico.

el mandarín como la lengua común. En vista de esto, el chino mandarín se ha hecho aún más importante en la China Moderna. Es, desde 1928, la **lengua oficial** y la utilizada en la enseñanza y en la administración.

1.1.1. 字 *zì* y 詞 *cí*

En chino es de importancia primordial distinguir claramente dos conceptos: 字 *zì* (carácter chino) frente a 詞 *cí* (palabra[2]). Un *zì* puede ser, a su vez, un *cí*. Cuando un profesor pide una redacción de cierta cantidad de palabras, es el *zì* el que se considera como unidad. *Zì* equivale en realidad a una sola sílaba, que es un solo carácter chino (el carácter escrito es siempre monosilábico). Por otra parte, *cí* es la palabra sintáctica y puede consistir en un solo carácter o más. Como se podrá comprobar más adelante, el identificar palabras y segmentar sus límites no es tarea sencilla ni siquiera para un experto lector. Esto sucede así por dos razones: el tamaño de una palabra china no es constante y además los límites de la palabra no están marcados con un espacio adicional. Como hemos mencionado más arriba, las palabras chinas pueden estar formadas por uno o más caracteres, o lo que es lo mismo, por una o más sílabas;[3] las proporciones de las palabras monosilábicas, bisilábicas y polisilábicas en chino son más o menos del **55%**, **40%** y **5%** respectivamente[4]. En segundo lugar, muchos caracteres pueden usarse independientemente como palabras en textos, pero también pueden combinarse con

---

2. Por palabra entendemos cada unidad lingüística que tiene autonomía fonológica, sintáctica y semántica.

3. En una frase, hay invariablemente tantos caracteres como sílabas, la única excepción es el sufijo formativo de palabra (word-formative suffix)   兒 (ér), porque éste se fusiona con la sílaba que le precede; en todo caso, esta falta de correspondencia es insignificante ya que se trata de un número muy reducido.

4. Chen Hsuan-Chih (1992): "Reading comprehension in Chinese: Implications from character reading times", en *Language processing in Chinese*, ed. por Hsuan-Chin Chen y J. L. Tzeng.

otros caracteres para formar palabras distintas. A pesar de que el significado de una palabra china es generalmente más definido y menos ambiguo que el de un carácter, el concepto de "palabra" sigue siendo bastante confuso en chino. En el chino cotidiano, zi es la unidad más familiar de la lengua. El empleo de $cí$ para referirse a la palabra sintáctica empezó bastante tarde. Es cierto que en el chino clásico un carácter equivalía a una palabra, pero en el chino moderno no sucede así, y muchas palabras están formadas por dos, tres o más caracteres. La frecuencia de zi y $cí$ es de **359** y **36** respectivamente por cada millón de caracteres[5]; y un total de 40.032 palabras chinas han sido identificadas a partir de una base de casi un millón de caracteres impresos. Entre las palabras polisilábicas, las palabras formadas con dos caractere s ocupan la mayor proporción, con un **65,15** % del grupo entero[6]. La palabra formada por dos caracteres aporta un significado determinado, pero cada carácter constituyente tiene a su vez su propio significado también. Esto es similar a las palabras compuestas en español, sin embargo, éstas ocupan una proporción mucho inferior en la lengua española. El designar a la palabra sintáctica como $cí$ comenzó sólo hace unas décadas, antes, $cí$ se refería a dicciones o términos. En resumidas cuentas, las relaciones entre palabra ($cí$) y carácter (zi) son las siguientes: $cí$ equivale a la palabra, zi se puede traducir como una sílaba representada por un carácter. El chino clásico no diferenciaba entre $cí$ y zi, ya que, salvo en rarísimas ocasiones, la mayoría de los caracteres equivalía por sí mismo a una palabra; esto explica

---

5. I. M. Liu, C. J. Chuang y S. C. Wang (1975), *Frequency count of 40.000 Chinese words,* Taipei, Lucky Books, y Rumjahn Hoosain (1992): "Psychological reality of the word in Chinese", en *Language processing in Chinese*, ed. por Hsuan-Chih Chen y J. L. Tzeng.

6. J. T. Huang y I. M. Liu (1978): "Paired-associated learning proficiency as a function of frequency count, meaningfulness, and imagery value in Chinese two-character ideograms", en *Acta psychologica taiwanica,* 20, pp. 5-17, y Jong-Tsūn Huang y Man-Ying Wang (1992): "From unit to gestalt: perceptual dynamics in recognizing Chinese characters", en *Language processing in Chinese*.

también por qué el chino era considerado tradicionalmente como una lengua monosilábica.

A partir de ahora nosotros utilizaremos zi para referirnos a un carácter, al cual corresponde siempre una sílaba, y ci lo reservaremos para designar una "palabra", la mínima unidad lingüística con independencia morfosintáctica y conceptual. No hay que olvidar que a veces un zi puede ser también un ci.

En comparación con el español, los caracteres chinos se juntan en una frase como un juego de bloques de construcción del mismo tamaño y modelo. Toda la gramática del chino depende de la posición. Si en las lenguas latinas la precisión en la expresión se logra por flexión nominal y conjugación verbal, en chino se alcanza, fundamentalmente, gracias a la alta movilidad de los caracteres. Éstos son capaces de adquirir diferentes funciones gramaticales según las relaciones y oposiciones que se establezcan con los otros caracteres que forman parte de la misma cadena sintagmática. Es la posición relativa de las palabras la que determina el papel de ellas y aporta toda la claridad necesaria a la expresión. En una lengua alfabética occidental, digamos, el español, hay tan sólo 28 letras (alfabeto) y 24 fonemas para producir todas las palabras posibles en esta lengua. Esto es suficiente para la formación de todo el vocabulario español. Igualmente, la posibilidad de superposición gramatical en chino implica que solo se necesita un pequeño número de palabras básicas para la expresión, y esto reduce considerablemente el esfuerzo para el habla y la escritura. Evidentemente, una lengua en la que un sustantivo siempre es sustantivo, un verbo siempre es verbo y un adjetivo siempre es adjetivo, requeriría tres veces más palabras para expresar el mismo contenido.

Desde el punto de vista formal, podemos decir que la morfología del chino es relativamente simple, en el sentido de que la gramática del chino no exige que el verbo de una frase concuerde con el sujeto, ni los verbos en sí mismos señalen tiempo o voz; no obstante, el chino sí que dispone de distintas combinaciones morfológicas riquísimas para construir su caudal léxico: una proporción importante de palabras chinas se genera a través de una manera muy parecida a la derivación, esto es, añadiendo afijos a la palabra o raíz. Por ejemplo, el carácter 可 (*kě*) "digno de, merecedor de" más ciertos verbos significa en su totalidad "digno de V., merece V." y la palabra entera funciona como un adjetivo:

可	愛
kě	*ài*
digno de	querer
"encantador/a"	

可	鄙
kě	*bǐ*
merece	despreciar
"despreciable"	

可	憐
kě	*lián*
digno de	tener compasión
"pobre"	

可	惜
kě	*xí*
digno de	deplorar
"deplorable"	

可	悲
kě	*bēi*
digno de	lamentar
"lamentable"	

可	靠
kě	*kào*
digno de	confiar
"confiable, digno de confianza"	

可	惡
kě	*wù*
merece	detestar
"detestable"	

可	笑
kě	*xiào*
digno de	reírse
"ridículo"	

可	喜
kě	*xǐ*
digno de	regocijarse
"grato"	

可	疑
kě	*yí*
merece	sospechar
"sospechoso/a"	

etc.

Como hemos mencionado en varias ocasiones, el chino no tiene ni género ni número, por lo que 朋友 (*péng yǒu*) puede tener cuatro posibilidades "amigo/a/os/as", 汽車 (*qì chē*) "vehículo/s" no se sabe si es singular o plural, a no ser que se precise con más información; sin embargo, en algunos casos referidos a sustantivos animados sí se permite saber el sexo o número de ellos gracias a un procedimiento muy similar a la prefijación o sufijación, p. ej., 男 (*nán*) "hombre", 女 (*nǚ*) "mujer", 公 (*gōng*) "macho", 母 (*mǔ*) "hembra", que se ponen delante de ciertos sustantivos para distinguir el sexo:

男	孩	
nán	*hái*	
hombre	niño/a	
"niño"		

女	孩	
nǚ	*hái*	
mujer	niño/a	
"niña"		

男	主	角
nán	*zhǔ*	*jiǎo*
hombre	principal	papel
"el protagonista"		

女	主	角
nǚ	*zhǔ*	*jiǎo*
mujer	principal	papel
"la protagonista"		

公	雞
gōng	*jī*
macho	gallo/gallina
"gallo"	

母	雞
mǔ	*ji*
hembra	gallo/gallina
"gallina"	

公	牛
gōng	*niú*
macho	toro/vaca
"toro"	

母	牛
mǔ	*niú*
hembra	toro/vaca
"vaca"	

Y algunos morfemas que se añaden detrás del lexema tienen también la misma función, por ejemplo, 父 (*fù*) "padre", 母 (*mǔ*) "madre", 子 (*zǐ*) "hijo", 女 (*nǚ*) "hija", se emplean generalmente con términos de parentesco:

祖	父
zǔ	*fù*
abuelo/a	padre
"abuelo"	

祖	母
zǔ	*mǔ*
abuelo/a	madre
"abuela"	

養	父
yǎng	*fù*
adoptivo/a	padre
"padre adoptivo"	

養	母
yǎng	*mǔ*
adoptivo/a	madre
"madre adoptiva"	

孫	子
sūn	*zǐ*
nieto/a	hijo
"nieto"	

孫	女
sūn	*nǚ*
nieto/a	hija
"nieta"	

長	子
zhǎng	*zǐ*
mayor	hijo
"el hijo mayor"	

長	女
zhǎng	*nǚ*
mayor	hija
"la hija mayor"	

En cuanto al número, el morfema más común para indicar la pluralidad es 們 *(men)* "-s/-es". Se utiliza sólo con los pronombres personales y con algunos nombres con referencia a personas, por ejemplo:

我	們
wǒ	*men*
yo	plural
"nosotros/as"	

人	們
rén	*men*
persona	plural
"gente"	

De todas formas, conviene aclarar que 們 (men) es de uso restringido y que no existen otros términos con los que pueda entrar en relación y oposición, no podemos propiamente hablar de un "sistema" o categoría gramatical de plural.

Otro recurso también bastante habitual para definir la pluralidad de un sustantivo es el uso de ciertos números o expresiones. En chino, el número no sólo determina la pluralidad, sino que muchas veces un número específico prefijado expresa una noción de carácter general o universal, por ejemplo:

四	海	萬	民	百	姓
sì	*hǎi*	*wàn*	*mín*	*bǎi*	*xìng*
cuatro	mar	diez mil	habitante	cien	apellido
"todo el mundo"		"todo el pueblo, todo el país"		"toda la población"	

No todos los morfemas que se combinan con estos sustantivos para denotar el número o género son afijos, pues tienen un uso bastante restringido y se circunscriben sólo a los casos concretos.

1.2.LOS PREFIJOS Y SUFIJOS EN LA FORMACIÓN DE PALABRAS EN CHINO

1.2.1. LOS PREFIJOS

En chino son muy frecuentes los prefijos, Beijing Language College (1986) defiende que en chino sólo hay cuatro prefijos:

PREFIJOS: 初 *(chū)*   *"comienzo"*
初 *(a)*   *"afectividad"*
第 *(dì)*   *"ordinal"*
老 *(lǎo)*   *"afectividad"*

初 *(chū)*:"comienzo", se añade a los numerales del uno al diez para indicar los primeros días de un mes lunar, en

初	一
chū	*yī*
comienzo	uno
"primer día"	

初	十
chū	*shí*
comienzo	diez
"décimo día"	

阿 *(ā)*: morfema vacío para expresar cariño o afectividad en el tratamiento familiar, en

阿	姨
ā	*yí*
afectividad	tía
"tía"	

阿	哥
ā	*gē*
afectividad	hermano mayor
"hermano mayor"	

第 *(dì)*: se añade a los numerales para formar ordinales, en

第	二
dì	*èr*
ordinal	dos
"el segundo"	

第	七
dì	*qī*
ordinal	siete
"el séptimo"	

老 (*lăo*): prefijo derivado del adjetivo homógrafo que significa "viejo", se utiliza en el lenguaje familiar seguido de apellidos, i. e., en el tratamiento de personas (únicamente los hombres), o se combina con números del dos al nueve para indicar los hijos de una familia, o forma la primera sílaba de ciertos sustantivos referidos a personas o animales, en

老	鄉	老	王
lăo	*xiāng*	*lăo*	*wáng*
prefijo	paisano	prefijo	apellido chino
"paisano		"¡Wang!"	
老	師	老	婆
lăo	*shī*	*lăo*	*pó*
prefijo	maestro	prefijo	mujer de edad avanzada
"profesor"		"mujer, esposa" (se emplea mucho también con las esposas jóvenes)	
老	虎	老	鼠
lăo	*hŭ*	*lăo*	*shŭ*
prefijo	tigre	prefijo	rata
"tigre"		"rata"	
老	大	老	三
lăo	*dà*	*lăo*	*sān*
prefijo	grande	prefijo	tres
"el/la hijo/a mayor"		"el/la tercero/a hijo/a"	

de estos cuatro prefijos salen 133 palabras prefijadas.

1.2.2. LOS SUFIJOS

El chino dispone de varios sufijos:

SUFIJOS: 子 *(zi)*   "indicador del sustantivo"
兒 *(ér)*   "diminutivo"
頭 *(tou)*   "forma redonda o un todo de una pieza"
巴 *(ba)*   "pegado"
者 *(zhě)*   "-ista, -or/a"
然 *(rán)*   "así"

子 *(zi)*: en su sentido original y etimológico significa"hijo", pero con el tiempo se ha deslexicalizado y se gramaticaliza convirtiéndose en una sílaba formativa muy común para designar a personas y agentes, y otras veces se utiliza para formar nombres de cosas y también para diminutivos, en

小	子
xiǎo	*zi*
pequeño	sufijo
"mozuelo"	

矮	子
ǎi	*zi*
bajo	sufijo
"persona baja"	

兒 *(er)*: su significado original es "niño", y se mantiene cuando funciona como raíz. Como sufijo indica valor diminutivo o, más concretamente, tamaño pequeño, en

蟲	兒
chóng	*ér*
insecto	suf. diminutivo
"insecto pequeño"	

子	兒
zǐ	*ér*
semilla	suf. diminutivo
"semillita"	

頭 *(tou)*: etimológicamente significa"cabeza"; como sufijo se aplica a cosas que tengan forma redonda o que sean una pieza entera en sí misma, en

舌	頭
shé	*tou*
lengua	sufijo
"lengua"	

骨	頭
gǔ	*tou*
hueso	sufijo
"hueso"	

巴 (*ba*): "pegado", en

泥	巴
ní	*ba*
barro	pegado
"barro"	

尾	巴
wěi	*ba*
rabo	pegado
"rabo"	

者 (*zhě*): indica agente de la acción o profesión, por lo que a veces equivale a los sufijos "-or/a, -ista" del español, en

作	者
zuò	*zhě*
escribir	-or/a
"autor/a"	

讀	者
dú	*zhě*
leer	-or/a
"lector/a"	

然 (rán): "así", en

雖	然
suī	*rán*
aunque	así
"aunque"	

不	然
bù	*rán*
no	así
"de lo contrario"	

Todos estos sufijos pueden producir 998 palabras. James Summers (1863) en su *A handbook of the Chinese language* define el sufijo como:

"...there are certain syllables which take the place of

terminations, and these give nominal and verbal forms to the words they thus affect. We have called such syllables formatives. Among them are 兒 [ér], 子 [zi], 頭 [tou]."

[...hay ciertas sílabas que sustituyen a las terminaciones, y éstas dan formas nominales y verbales a las palabras a las que afectan de esta manera. Hemos llamado formativas a tales sílabas. Entre ellas se encuentran 兒 ér, 子 zi, 頭 tou].

Según él, los nombres derivados, o las palabras que han adquirido la forma nominal a través de la adición de una sílaba formativa, son mucho más numerosos que los nombres simples. Los nombres derivados siempre son nominales mientras que algunos nombres simples pueden usarse como verbos. Aquéllos pertenecen principalmente al registro coloquial y suponen un tipo inferior de composición. Las sílabas formativas, que tienen funciones similares a los sufijos de las lenguas europeas, pueden ser clasificadas de la siguiente manera:

SUFIJOS: a) Agentes: 人 (*rén*)
                          手 (*shǒu*)
                          夫 (*fū*)
                          子 (*zi*)

b) Apelativos de una clase determinada: 女 (*nǚ*)

c) Indica forma redonda: 頭 (*tou*)

d) Indica formas variadas: 塊 (*kuài*)

a) Las que indican generalmente un agente, p. ej.,

人 (*rén*): "persona" en

客	人
kè	*rén*
visita	persona
"invitado, huésped"	

工	人
gōng	*rén*
trabajo	persona
"trabajador, obrero"	

手 (*shǒu*): significa literalmente "mano", pero al usarse como sufijo se refiere a la persona que realiza la acción descrita, en

水	手
shuǐ	*shǒu*
agua	mano
"marinero"	

選	手
xuǎn	*shǒu*
seleccionado	mano
"jugador seleccionado"	

夫 (*fū*): "hombre" en

農	夫
nóng	*fū*
agricultura	hombre
"campesino"	

馬	車	夫
mǎ	*chē*	*fū*
caballo	carro	hombre
"cochero"		

子 (*zi*): etimológicamente deriva del sustantivo homógrafo que significa "hijo", al emplearse como sufijo pierde su significado original y, al mismo tiempo, cobra un valor gramatical convirtiéndose simplemente en un indicador del sustantivo, en

瘋	子
fēng	*zi*
loco	sufijo
"loco"	

瞎	子
xiā	*zi*
ciego	sufijo
"ciego"	

b) Las que se refieren a una clase y forman apelativos concernientes a posición o género, p. ej. 女 (nǚ) "mujer" en

修	女
xiū	*nǚ*
practicar la religión	mujer
"religiosa, monja"	

才	女
cái	*nǚ*
talento	mujer
"mujer de talento"	

c) Las que indican que un determinado objeto posee una forma redonda o es el todo de una pieza, p. ej., 頭 (tou) su significado primitivo es "cabeza", pero al igual que algunos otros afijos que hemos visto, como sufijo se ha desemantizado y funciona como un indicador del sustantivo, en

石	頭
shí	*tou*
piedra	sufijo
"piedra"	

芋	頭
yù	*tou*
batata	sufijo
"batata"	

d) Las que se relacionan con objetos de diferentes formas o combinaciones, por ejemplo, 塊 (kuài) "trozo, pedazo, grumo" en

冰	塊
bīng	*kuài*
hielo	pedazo
"cubito(s) de hielo"	

金	塊
jīn	*kuài*
oro	trozo
"pepita(s) de oro"	

Por otro lado, Lian-Sheng Chen (1981), el autor de *Gramática del chino elemental* considera prefijos a los siguientes morfemas:

PREFIJOS: 老 *(lǎo)*   "afectividad"
               初 *(chū)*   "comienzo"
               阿 *(ā)*   "afectividad"
               第 *(dì)*   "ordinal"
               反 *(fǎn)*   "anti-"
               非 *(fēi)*   "no"

老 *(lǎo)* "afectividad", 初 *(chū)* "comienzo", 阿 *(ā)* "afectividad", 第 *(dì)* "ordinal", 反 *(fǎn)* "anti-" en

反	法	西	斯
fǎn	*fǎ*	*xī*	*sī*
anti-	fascista		
"antifascista"			

反	帝	制
fǎn	*dì*	*zhì*
anti-	imperial	régimen
	imperialismo	
"antiimperialismo"		

非 (*fēi*):"no", en

非	法
fēi	*fǎ*
no	ley
"ilegal"	

非	正	式
fēi	*zhèng*	*shì*
no	correcto	estilo
	formal	
"informal"		

Asimismo, Lian-Sheng Chen (1981) recoge los siguientes morfemas y los considera sufijos:

SUFIJOS: 子 (*zi*)　　"indicador del sustantivo"
兒 (*ér*)　　"diminutivo"
頭 (*tou*)　　"forma redonda o un todo de una pieza"
者 (*zhě*)　　"-or/a, -ista"
巴 (*ba*)　　"pegado"
性 (*xìng*)　"capacidad, naturaleza"
員 (*yuán*)　"empleado"
化 (*huà*)　　"-izar, -ificar"
家 (*jiā*)　　"-ista, -or"
師 (*shī*)　　"maestro"
士 (*shì*)　　"persona culta"

子 (*zi*) "indicador del sustantivo", 兒 (*ér*)"diminutivo", 頭 (*tou*)"forma redonda o un todo de una pieza", 者 (*zě*)"agente de la acción indicada, -dor/a", 巴 (ba) "pegado", 性 (xìng) "capacidad, naturaleza", en

記	性
jì	xìng
recordar	capacidad
"memoria"	

創	造	性
chuàng	zào	xìng
crear	inventar	capacidad
"creatividad"		

員 (yuán): "empleado", en

警	員
jǐng	yuán
policía	empleado
policía"	

售	貨	員
shòu	huò	yuán
vender	mercancía	empleado
"dependiente"		

化 (huà): equivale a los sufijos del español "-izar, -ificar", para formar verbos causativos o factitivos e indica la idea de "hacer que algo adquiera la propiedad indicada por la raíz o tema", en

綠	化
lǜ	huà
verde	-izar
"poblar de árboles"	

現	代	化
xiàn	dài	huà
actual	generación	-izar
"modernizar"		

家 (jiā): "especialista en algo, -ista, -or/a", en

文	學	家
wén	xué	jiā
letras	ciencia	especialista
"literato"		

作	家
zuò	jiā
escribir	especialista
"escritor"	

師 *(shī)*:"maestro",en

律	師
lǜ	*shī*
ley	maestro
"abogado"	

教	師
jiào	*shī*
enseñar	maestro
"profesor"	

士 *(shì)*: "persona culta", en

博	士
bó	*shì*
erudito	persona culta
"doctor"	

紳	士
shēn	*shì*
alta burguesía	persona culta
"caballero"	

Paul Kratochvil[7] divide los sufijos en dos grupos: afijos formativos de palabras (word-formative affixes) y afijos gramaticales (gramatical affixes).

AFIJOS FORMATIVOS:

SUFIJOS: 子 *(zi)*   "indicador del sustantivo"

頭 *(tou)*   "forma redonda o un todo de una pieza"

人 *(rén)*   "persona"

匠 *(jiàng)* "artesano"

士 *(shì)*   "persona culta"

性 *(xìng)* "capacidad, naturaleza"

氣 *(qì)*   "manifestación de estado de ánimo interior"

力 *(lì)*   "fuerza, capacidad"

道 *(dào)*   "camino"

事 *(shì)*   "asunto"

7.Paul Kratochvil (1968), *The Chinese language today*, London, Hutchinson & CO LTD, pp. 68-71.

度 *(dù)*   "grado"
實 *(shí)*   "sólido"
物 *(wù)*   "cosa, objeto"

PREFIJOS: 阿 *(ā)*   "afectividad"
老 *(lǎo)*   "afectividad"

AFIJOS GRAMATICALES:

SUFIJOS:

a) Sufijo del plural: 們 *(men)* "pluralidad"
b) Sufijos aspectuales: 了 *(le)*   "aspecto perfectivo"
著 *(zhe)*   "aspecto durativo"
過 *(guò)*   "asp. perfecto - experiencial"
c) Sufijos direccionales:來 *(lái)*   "dirección hacia el hablante"
去 *(qù)*   "dirección contraria al hablante"
下 *(xià)*   "hacia abajo"
起 *(qǐ)*   "hacia arriba"
d) Sufijos locativos: 裏 *(lǐ)*   "interior"
e) Sufijos temporales: 上 *(shàng)* "un espacio del tiempo"

PREFIJOS: 不 *(bù)*   "no"
沒 *(méi)* "no"

Los que él incluye en el primer grupo son: 子 *(zi)* "indicador del sustantivo", 頭 *(tou)* "forma redonda o un todo de una pieza ", 人 *(rén)* "persona", 匠 *(jiàng)* "artesano", 士 *(shì)* "persona culta", 性 *(xìng)* "capacidad, naturaleza",

氣 *(qì)* "manifestación de estado de ánimo interior", en

怒	氣
nù	*qì*
colérico	estado de ánimo
"ira, rabia"	

勇	氣
yǒng	*qì*
valiente	estado de ánimo
"coraje, valor"	

力 *(lì)*: "fuerza, capacidad", en

人	力
rén	*lì*
persona	fuerza
"mano de obra"	

眼	力
yǎn	*lì*
ojo	capacidad
"vista"	

道 *(dào)*: "manera", en

公	道
gōng	*dào*
imparcial	camino
"justo"	

人	道
rén	*dào*
humano	camino
"humano"	

事 *(shì)*: "asunto", en

故	事
gù	*shì*
antiguo	asunto
"cuento, relato"	

心	事
xīn	*shì*
corazón	asunto
"sentimientos o cosas del corazón: deseos, secretos, penas, afectos..."	

度 *(dù)*: "grado", en

熱	度
rè	*dù*
calor	grado
"temperatura"	

進	度
jìn	*dù*
avance	grado
"progreso"	

實 *(shí)*: "sólido", en

壯	實
zhuàng	*shí*
fuerte	sólido
"robusto"	

充	實
chōng	*shí*
lleno	sólido
"abundante"	

物 (wù): "cosa, objeto", en

食	物
shí	*wù*
comestible	cosa
"comida"	

生	物
shēng	*wù*
vivo	cosa
"seres vivos"	

Por otra parte, los sufijos gramaticales están subdivididos a su vez en cinco grupos, el sufijo plural 們 *(men)* "-s/-es" constituye un grupo por sí mismo, el segundo grupo contiene los llamados sufijos aspectuales, los tres miembros más comunes de este grupo son:

了 *(le)*: sufijo aspectual perfectivo, en

他	走	了
tā	*zǒu*	*le*
él	irse	sufijo asp. perf.
"Se fue."		

他	贏	了
tā	*yíng*	*le*
él	ganar	sufijo asp. perf.
"Ganó."		

著 *(zhe)*: sufijo aspectual durativo, en

她	戴	著	花
tā	*dài*	*zhe*	*huā*
ella	lleva	sufijo asp. durat.	flor
"Lleva puesta una flor."			

牆	上	掛	著	畫
qiáng	*shàng*	*guà*	*zhe*	*huà*
pared	arriba	colgar	sufijo asp. durat.	cuadro
"En la pared está colgado un cuadro."				

y 過 *(guò)*: sufijo aspectual perfecto-experiencial, en

我	看	過	白	蛇
wǒ	*kàn*	*guò*	*bái*	*shé*
yo	ver	sufijo asp. perf. exp.	blanca	serpiente
"He visto serpiente blanca [alguna vez]"				

我	沒	吃	過	油	條
wǒ	*chī*	*chi*	*guò*	*yóu*	*tiáo*
yo	no	comer	sufijo asp. perf. exp.	aceite	tira
"Nunca he comido churros."					

El tercer grupo, que en algunos aspectos tiene relación con el grupo precedente, contiene los sufijos direccionales, p. ej.,

來 *(lái)*: sufijo de acciones dirigidas hacia el hablante, en

拿	來
ná	*lái*
coger	sufijo
"traer" (en dirección hacia el hablante)	

下	來
xià	*lái*
descender	sufijo
"bajar" (en dirección hacia el hablante)	

去 *(qù)*: sufijo de acciones que tienen lugar en dirección contraria al hablante, en

拿	去
ná	*qù*
coger	sufijo
"llevar" (alejándose del hablante)	

下	去
xià	*qù*
descender	sufijo
"bajar" (alejándose del hablante)	

下 *(xià)*: sufijo de acciones dirigidas hacia abajo, en

坐	下
zuò	*xià*
sentarse	sufijo
"sentarse"	

躺	下
tăng	*xià*
acostarse	sufijo
"acostarse, tumbarse"	

起 *(qĭ)*: sufijo de acciones dirigidas hacia arriba, en

拿	起
ná	*qĭ*
coger	sufijo
"levantar (algo)"	

想	起
xiăng	*qĭ*
pensar	sufijo
"recordar, acordarse de"	

Finalmente, hay dos grupos de sufijos que se combinan con morfemas de lugar y tiempo: el primero lo constituyen los llamados sufijos locativos, tal como

裏 *(lĭ)*: sufijo que indica interior, en

屋	裏
wū	*lĭ*
casa	sufijo
"en casa"	

水	裏
shuĭ	*lĭ*
agua	sufijo
"en el agua"	

el segundo grupo lo forman los sufijos temporales, p. ej.,

上 *(shàng)*: sufijo que indica un espacio del tiempo, en

早	上
zǎo	*shàng*
temprano	sufijo
"por la mañana"	

晚	上
wǎn	*shàng*
tarde	sufijo
"por la noche"	

Los prefijos son relativamente pocos, entre ellos se encuentran 阿 *(ā)* "expresión de afectividad", 老 *(lǎo)* "afectividad", etc.

En lo referente a los prefijos gramaticales, Paul Kratochvil pone dos prefijos negativos como ejemplos representativos que son, a saber: 不 *(bù)* "no, negación para el presente, el futuro y la habitualidad" y 沒 *(méi)* "no, negación para el pasado", en

他	不	來
tā	*bù*	*lái*
él	no	venir
"No viene"		

他	沒	來
tā	*méi*	*lái*
él	no	venir
"No vino"		

Según él, en chino no hay ninguna palabra en cuyo interior aparezca el infijo formativo,[8] pero sí el infijo gramatical. Se refiere a los infijos potenciales que se colocan entre un verbo de acción y su correspondiente complemento resultativo, son dos: -得- *(de)* "poder" infijo que indica que el resultado de la acción denotada por el primer verbo puede llevarse a cabo y -不- *(bú)* "no poder", infijo que indica que dicho resultado no puede llevarse a cabo. Ambos se utilizan en compuestos verbales, en donde el primer verbo indica la acción principal y el segundo el resultado de la acción anterior,

---

8.No obstante, Chao Yuen-Ren (1980) en su *Zhong guó huà de wén fǎ* propone dos infijos formativos, de los cuales hablaremos en el apartado de reduplicación.

p. ej.:

找	到
zhǎo	*dào*
buscar	conseguir
"encontrar"	

si se insertan estos dos infijos respectivamente en este compuesto verbal, obtendremos diferentes resultados:

找	得	到
zhǎo	*de*	*dào*
buscar	poder	conseguir
"poder encontrar"		

找	不	到
zhǎo	*bú*	*dào*
buscar	no poder	conseguir
"no poder encontrar"		

El grupo de sufijos gramaticales difiere del de sufijos formativos en muchos aspectos, pero su principal rasgo distintivo es que las palabras formadas con sufijos gramaticales no son un conjunto limitado. En segundo lugar, la aparición de los afijos gramaticales en las construcciones morfológicas es previsible y se puede describir en términos generales: es posible predecir que todas las palabras independientes que puedan desempeñar cierta función sintáctica (p. ej., la función del núcleo verbal, como 來 *lái* "venir") pueden concurrir en las construcciones morfológicas con cierto afijo gramatical (en este caso, se puede emplear perfectamente el prefijo gramatical de negación 不 *bù* "no", como en 不來 *bù lái* "no venir"). Como la aplicación de esta afirmación general es potencialmente válida para cualquier palabra independiente en chino, estas construcciones morfológicas no forman, entonces, un conjunto cerrado. La estrecha relación entre determinadas funciones sintácticas y los afijos gramaticales difiere de la relación que se establece entre las funciones sintácticas y la aparición de algunos afijos formativos. Ya que muchas veces se puede determinar la categoría gramatical de una palabra que contiene un afijo formativo (p. ej., palabras que llevan el sufijo 子 *zi* "indicador del sustantivo" normalmente funcionan como sustantivo, tal como 繩子 *shéng zi* "cuerda"), no es previsible la aparición de un afijo formativo en una palabra simplemente por la categoría gramatical de ésta. Sin embargo, en el caso de los afijos gramaticales, se pueden hacer predicciones válidas en ambos sentidos: todas las palabras libres, p. ej., que funcionen como núcleo verbal pueden aceptar el prefijo negativo 不 (*bù*) "no", y todas las construcciones morfológicas que contengan este prefijo negativo pueden funcionar como núcleo verbal. En este sentido, la función de los afijos gramaticales llega más allá de la disposición de los morfemas.

Aparte de esta gran variedad de clasificación de afijos, tanto formativos como gramaticales, no debemos pasar por alto el único prefijo aspectual en chino, se coloca delante del verbo para expresar el aspecto,[9] veamos unos ejemplos del prefijo aspectual 在 (*zài*), en español equivale a la construcción de "estar + gerundio", que precede a los verbos de acción y expresa aspecto imperfectivo progresivo:

在	下	雨
zài	*xià*	*yǔ*
estar	caer	lluvia
"Está lloviendo"		

在	吃	飯
zài	*chī*	*fàn*
estar	comer	arroz
"Está comiendo"		

En chino existe un sufijo más, 的 (*de*), es un "sufijo posesivo (genitivo)", se sitúa detrás de un nombre o pronombre personal para convertir éstos en poseedores, p. ej.,

9. Véase Consuelo Marco Martínez (1988), *La categoría de aspecto verbal y su manifestación en la lengua china*, Universidad Complutense de Madrid, tesis doctoral.

他	的
tā	de
él	sufijo posesivo
"de él, suyo"	

學	校	的
xué	xiào	de
escuela		suf. posesivo
"de la Escuela, escolar"		

我	們	的
wǒ	men	de
yo	suf. plural	suf. posesivo
"de nosotros, nuestro"		

中	國	的
zhōng	guó	de
China		suf. posesivo
"de China, chino/a/s"		

Vale la pena mencionar que otra función importante de 的 (de) es convertir el término léxico al que se añade, que suele ser un nombre, un verbo o verbo de cualidad[10], un compuesto de verbo + objeto, etc., en un adjetivo o proposición adjetival, 的 (de) se coloca detrás del término léxico y sirve para atribuir la cualidad indicada en dicho término léxico al nombre al que modifica, p. ej.:

鐵	的	意	志
tiě	de	yì	zhì
hierro(N)	partícula	voluntad	
"voluntad férrea"			

---

10. En chino mandarín muchos adjetivos pueden funcionar como verbos y, por esta razón, se les denomina "verbos de cualidad". Éstos constituyen el núcleo del sintagma verbal y poseen características verbales, mientras que los adjetivos forman parte del sintagma nominal y son simplemente modificadores o adyacentes del nombre-núcleo. Para mayor información véase el cap. II.

剩	的	錢
shèng	de	qián
sobrar (V)	part.	dinero
"el dinero que sobra"		

失	蹤	的	人
shī	zōng	de	rén
desaparecer (V)		part .	persona
"la persona que desaparece"			

高	的	樹
gāo	de	shù
ser alto (V de cualidad)	part.	árbol
"el árbol alto"		

痛	苦	的	生	活
tòng	kǔ	de	shēng	huó
ser doloroso y amargo (V de cualidad)		part.	vida	
"la vida amarga"				

1.3. OTROS PROCEDIMIENTOS

También tomaremos en consideración algún que otro proceso misceláneo del que se vale tanto el español como el chino para acrecentar su vocabulario. Entre otros podríamos mencionar los siguientes:

a) La **parasíntesis,** p. ej.: *des + alm(a) + ado = desalmado, macho + hembr(a) + ar = machihembrar.* En el presente estudio trataremos las dos modalidades de la parasíntesis:[11] **la parasíntesis por afijación** (un proceso especial de formación de palabras donde se aplican prefijación y sufijación simultáneamente sobre una misma base) y **la parasíntesis por composición** (composición y afijación se dan de modo solidario). En chino, debido a la naturaleza de éste, sólo existen palabras formadas por la parasíntesis en composición, pero por otra parte, da mucho juego y posibilidades de comparación,

---

11.Véase J. Alberto Miranda (1994), *La formación de palabras en español*, p. 69.

por ejemplo:

新	娘	子	→	新	娘	子
xīn	niáng	zi	→	xīn	niáng	zi
nueva	mujer casada	sufijo nominal				
(composición) + sufijación						
"novia (el día de la boda)"			→	"novia (el día de la boda)"		

文	學	家	→	文	學	家
wén	xué	jiā	→	wén	xué	jiā
letras	ciencia	sufijo de agente o profesión				
(composición) + sufijación						
"literato"			→	"literato"		

b) La **sigla**: en el léxico moderno del español abunda la terminología formada por la combinación de las letras iniciales de títulos o sintagmas que dan lugar a una sola palabra, por ejemplo:

OTAN→Organización del Tratado del Atlántico Norte

AVE →Alta Velocidad Española

UVI →Unidad de Vigilancia Intensiva

En cuanto al chino, de no ser una lengua alfabética, no es posible explotar este recurso.

c) La **acronimia**, a lo largo de este trabajo la consideramos como una clase especial de abreviamiento de palabras que consiste en la unión de los extremos opuestos de dos palabras: el principio de la primera y el final de la segunda, o el final de la primera y el comienzo de la última, es decir, formas que también reciben el nombre de *palabras-percha o palabras-maleta*.[12]

En chino, este procedimiento permite más posibilidades de combinaciones, p. ej.,

外	長	→	外	交	部	長
wài	*zhǎng*	→	*wài*	*jiāo*	*bù*	*zhǎng*
exterior	jefe	→	exterior	contacto	ministerio	jefe
"ministro de Asuntos Exteriores"						

公	車	→	公	共	汽	車
gōng	*che*	→	*gōng*	*gòng*	*qì*	*chē*
público	vehículo	→	público	común	humo	vehículo
"autobús"						

抗	戰	→	抗	日	戰	爭
kàng	*zhàn*	→	*kàng*	*rì*	*zhàn*	*zhēng*
resistir	guerra	→	resistir	Japón	guerra	lucha
"Guerra de resistencia (a la agresión de Japón, 1937-1945)"						

台	大	→	台	灣	大	學
tái	*dà*	→	*tái*	*wān*	*dà*	*xué*
Tai(wán)	grande	→	Taiwán		grande	escuela
"La Universidad de Taiwán"						

國	建	會	→	國	家	建	設	委	員	會
guó	*jiàn*	*huì*	→	*guó*	*jiā*	*jiàn*	*shè*	*wěi*	*yuán*	*huì*
país	construir	comité	→	país	hogar	construir	edificar	delegado	miembro	comité
"El Comité de la Construcción del País"										

12.Véase M. Alvar Ezquerra y A. Miró (1983), *Diccionario de siglas y abreviaturas*, pp. 5-7.

En cada caso, se combinan las letras iniciales o morfemas (en el caso del chino) de los títulos o se combinan partes de palabras para producir una forma más contracta, estos dos procedimientos responden al principio de economía del lenguaje y evitan la laboriosa y repetitiva enunciación de títulos o nombres sobradamente conocidos.

d) La **repetición o reduplicación** consiste en la repetición de un morfema para formar una nueva palabra. En chino, la reduplicación es el procedimiento más relevante después de la composición por su alta productividad y variedad.

P.ej.:

爸	爸
bà	*ba*
papá	papá
"papá"	
想	想
xiǎng	*xiǎng*
pensar	pensar
"pensar un poco"	

天	天
tiān	*tiān*
día	día
"todos los días"	
星	星
xīng	*xing*
estrella	estrella
"estrella"	

Y por último, nos encontramos con e) **El préstamo**[13] o **extranjerismo**, como: líder (del inglés), mitin (del inglés), buffet (del francés) y canapé (del francés). En chino, la mayor parte de los préstamos más recientes proceden principalmente de las lenguas europeas, éstos se adaptan fonéticamente al chino intentando que la nueva pronunciación sea lo más parecida posible a la pronunciación

---

13.Se excluyen de esta agrupación aquellos préstamos léxicos que se toman de otras lenguas sin intervención del sistema propio, p. ej.:
   boutique / play off
   y las voces que casi únicamente se refieren a nombres propios o marcas:
   Seven Eleven / Kodak /   Nylon

original, p. ej.:

披	薩
pī	*sà*
"pizza" (del italiano)	

芭	蕾
bā	*léi*
"ballet" (del francés)	

蘇	維	埃
sū	*wéi*	*āi*
"Soviet" (del ruso)		

幽	默
yōu	*mò*
"humor" (del inglés)	

También incluimos palabras que se incorporaron al chino desde hace mucho tiempo, aunque se ha ido perdiendo la conciencia de su origen, ya desconocido o hipotético.

P. ej.:

蜘	蛛
zhī	*zhū*
"araña"	

橄	欖
gǎn	*lǎn*
"aceituna"	

etc.

Todos los procesos mencionados están orientados a la formación de nuevas palabras, a excepción del préstamo que más que "formar" o "crear" una nueva palabra, ésta se "introduce" en una lengua. Sin embargo, tanto la formación como la incorporación contribuyen a la ampliación o renovación del acervo léxico de un sistema lingüístico. La incorporación es un mecanismo — relativamente — externo al sistema, y la formación es un mecanismo interno.[14]

14.Ramón Almela Pérez (1999), *Procedimientos de formación de palabras en español.*
    "El efecto de la formación de palabras es la ampliación del vocabulario de una lengua a través de medios internos al propio sistema; pero hay otros procedimientos no pertenecientes a la formación de palabras que producen también aumento del vocabulario: son procedimientos de incorporación tanto ... la entrada de un término de una lengua muerta prestigiosa — latín y griego — como...la entrada de un término de una lengua viva." (pp. 18-19)

2. RELACIÓN ENTRE MORFOLOGÍA Y FONOLOGÍA

Las condiciones fonológicas son un factor esencial que no se debe pasar por alto en el análisis de los procesos de formación de palabras. Esto se debe a que toda operación morfológica implica una alteración fonológica de la base. El chino es una lengua tonal, es decir, posee variación en la altura musical del sonido: una misma sílaba con tonos diferentes conlleva también significados diferentes. El acento musical es un fenómeno que existió en las lenguas prehistóricas indoeuropeas, pero no ha logrado sobrevivir en la mayoría de las lenguas "hijas"; tan sólo se ha mantenido en sueco, noruego, serbocroata y lituano.[15] En chino este fenómeno es de importancia primordial porque cada sílaba o carácter chino está dotado de cierta melodía, y esto permite diferenciar palabras fonéticamente. **El chino mandarín dispone de cinco tonos:**

1. El **primer tono** es un tono alto sostenido, gráficamente este tono está representado con una raya horizontal encima de la vocal fuerte, de la primera de las dos fuertes o de la segunda de las dos débiles (-), pero más frecuentemente se deja sin marca explícita.

2. El **tono segundo** es un tono ascendente; se representa con una raya de abajo hacia arriba (/).

3. El **tercer tono** es un tono descendente - ascendente; se designa con el símbolo ˅ .

4. El **cuarto tono** es un tono brusco descendente y se marca con una raya de arriba hacia abajo (\ ) y, por último,

5. El **quinto tono** o **tono neutro** es un tono alto y breve; se

---

15.Gustav Herdan (1964), *The structuralistic approach to Chinese grammar and vocabulary*.

representa con un punto (.).

En ocasiones, al mismo carácter chino pueden corresponder distintas pronunciaciones, la selección de ellas depende de la categoría gramatical que desempeñe o del valor semántico que tenga, p. ej.:

長	長
cháng	*zhǎng*
"largo"(A.)	"crecer"(V.)
分	分
fēn	*fèn*
"dividir"(V.)	"una parte"(N.)
重	重
chóng	*zhòng*
"de nuevo"(Adv.)	"pesado"(A.)
少	少
shǎo	*shào*
"escaso"(A.)	"joven"(A.)
看	看
kàn	*kān*
"mirar"(V.)	"vigilar"(V.)

etc.

Gunnar Richter[16] encuentra otro fenómeno en chino que puede funcionar como una condición fonológica: **el factor cuantitativo de la sílaba**. El número de sílabas que contiene cada unidad de

16. Gunnar Richter (1993): "Affix-imposed conditions in Chinese word formation", en *C. L. A. O.*, XXII, 1, pp. 31-47.

la lengua (language unit) juega un papel importante en chino. Él comprueba esta declaración con el hecho de que ciertos afijos sólo pueden adjuntarse a unidades monosilábicas.

P. ej.: el sufijo 子 *(zi)* "para denotar sustantivos", en

桌	子
zhuō	*zi*
mesa	sufijo
"mesa"	

屋	子
wū	*zi*
casa	sufijo
"casa, edificio"	

*書	桌	子
shū	*zhuō*	*zi*
libro	mesa	sufijo
"mesa de estudio"		

*房	屋	子
fáng	*wū*	*zi*
edificio	casa	sufijo
"casa, edificio"		

De igual modo, en chino ciertos morfemas complejos bisilábicos no se adjuntan a bases monosilábicas sino que requieren bases bisilábicas o polisilábicas, p. ej., 主義 *(zhǔ yì)* "doctrina, ideología, -ismo", en

存	在	主	義
cún	*zài*	*zhǔ*	*yì*
existir	estar	-ismo	
"existencialismo"			

分	離	主	義
fēn	*lí*	*zhǔ*	*yì*
separar	partir	-ismo	
"separativismo"			

自我 *(zì wǒ)* "sí mismo, auto-", en

自	我	約	束
zì	*wǒ*	*yuē*	*shù*
auto-	contenerse	controlarse	
"autodisciplina"			

自	我	批	判
zì	*wǒ*	*pī*	*pàn*
auto-	criticar	juzgar	
"autocrítica"			

*自	我	約
*zì	wǒ	yuē
auto-		contenerse
"autodisciplina"		

*自	我	批
*zì	wǒ	pī
auto-		criticar
"autocrítica"		

En chino existe un fenómeno muy interesante concerniente al aspecto fónico que merece la pena mencionar. Las palabras polisilábicas chinas siempre mantienen su forma original cuando entran en construcciones oracionales, pero el **ritmo** causa muchas veces la exclusión de una sílaba de dichas palabras siempre y cuando el sentido no se vea afectado por su ausencia. El mismo principio de ritmo, que conduce a la elisión de una sílaba en las palabras, bajo ciertas circunstancias, conlleva también la adición de una partícula de apoyo, de carácter eufónico, que favorece la melodía rítmica de la oración. Este rasgo se manifiesta especialmente en los dialectos regionales.[17] Estas restricciones son unas limitaciones estructurales particulares que se imponen sólo a cierta clase morfológica. P. ej.,

人	員
rén	yuán
persona	miembro
"empleados, personal"	

en una frase como ésta:

他	們	是	技	術	人	員
tā	men	shì	jì	shù	rén	yuán
ellos		son	técnica		personal	
"Ellos son técnicos."						

---

17   James Summers (1863), *A handbook of the Chinese language.*

pero se elimina una sílaba (員 *yuán* "miembro") en otro ejemplo por razones meramente rítmicas (el chino tiende a formar bloques bisilábicos dentro de una oración) sin que por ello sufra alguna modificación semántica, comparemos este par de frases:

1)

本	廠	人	員	數	不	足
běn	*chǎng*	*rén*	*yuán*	*shù*	*bù*	*zú*
esta	planta	personal		número	no	suficiente
"El número del personal de esta planta es insuficiente."						

2)

本	廠	人	數	不	足
běn	*chǎng*	*rén*	*shù*	*bù*	*zú*
esta	planta	número del personal		no	suficiente
"El número del personal de esta planta es insuficiente."					

Se prefiere la 2) a la 1) porque suena mejor rítmicamente.

Describir las modificaciones ocasionadas por la fusión de los morfemas constitutivos de una palabra compleja. Se trata de los denominados "sandhi" (=unión). En chino, uno de los fenómenos más interesantes concernientes a los tonos se encuentra en el llamado "**sandhi tonal**". El sandhi tonal se puede describir como el cambio tonal de una sílaba cuando le anteceden o le siguen unos tonos determinados. En chino cada sílaba posee uno de los cinco tonos de los que dispone la lengua, sin embargo, una sílaba puede conmutar su tono original por otro en ciertas ocasiones sin conllevar por ello cambio alguno de significado. Así, cuando una sílaba con tercer tono es seguida de otra también con tercer tono, entonces la primera sílaba pasa a adquirir tono segundo.

Ejs:

老	李	→	老	李
lǎo (3º tono)	*lǐ (3º tono)*	→	*láo (2º tono)*	*lǐ (3º tono)*
pref. afectividad	apellido chino			
"¡Lî!"				

筆	者	→	筆	者
bǐ (3º tono)	zhě (3º tono)	→	bǐ(2º tono)	zhě (3º tono)
instrumento de escribir	suf. que indica agente o profesión			
"autor, escritor"				

A esto se debe agregar que en chino hay cuatro sílabas (一 *yī* "uno", 七 *qī* "siete", 八 *bā* "ocho", 不 *bù* "no") que disponen de alternativas tonales, y la elección de una de ellas depende del tono de la sílaba siguiente: si la sílaba que les sigue es del cuarto tono, estas cuatro sílabas se pronunciarán necesariamente con segundo tono. Ejs.:

一 (yí) "uno", en

一	半
yí (2º tono)	bàn (4º tono)
uno	medio
"mitad"	

一	夜
yí (2º tono)	yè (4º tono)
una	noche
"una noche"	

七 (qí) "siete", en

七	月
qí (2º tono)	yuè (4º tono)
siete	mes
"julio"	

七	夕
qí (2º tono)	xì (4º tono)
siete	noche
"la 7ª noche del 7º mes lunar"	

八 (bá) "ocho", en

八	妹
bá (2º tono)	mèi (3º tono)
ocho	hermana menor
"la hermana menor que ocupa el octavo lugar entre sus hermanos [por orden de nacimiento]"	

八	月
bá (2º tono)	yuè (4º tono)
ocho	mes
"agosto"	

不 (bú) "no", en

不	幸
bú (2º tono)	xìng (3º tono)
no	afortunado
"desafortunado"	

不	對
bú (2º tono)	duì (4º tono)
no	correcto
"mal, incorrecto"	

一 (yì) "uno" y 不 (bù) "no" se pronuncian con el cuarto tono cuando son seguidas por un tono 1º, 2º, o 3º, por ejemplo:

一	生
yì (4º tono)	shēng (1º tono)
una	vida
"toda la vida"	

一	時
yì (4º tono)	shí (2º tono)
uno	tiempo
"por el momento"	

一	點
yì (4º tono)	diǎn (3º tono)
uno	pizca
"un poco"	

不	安
bù (4º tono)	ān (1º tono)
no	tranquilo
"inquieto"	

不	同
bù (4º tono)	tóng (2º tono)
no	ser igual
"diferente"	

不	法
bù (4º tono)	fǎ (3º tono)
no	ley
"ilícito"	

mientras que 七 (qī) "siete" y 八 (bā) "ocho" se pronuncian con primer tono cuando a continuación aparece 1º, 2º o 3º tono.

Ejs.:

七	千
qī (1º tono)	qiān (1º tono)
siete	mil
"siete mil"	

七	十
qī (1º tono)	shí (2º tono)
siete	diez
"setenta"	

七	百
qī (1º tono)	bǎi (3º tono)
siete	cien
"setecientos"	

八	仙
bā (1º tono)	xiān (1º tono)
ocho	inmortal
"ocho inmortales [del mito chino]"	

八	成
bā (1º tono)	chéng (2º tono)
ocho	diez por ciento
"ochenta por ciento, casi seguro"	

八	寶
bā (1º tono)	bǎo (3º tono)
ocho	tesoros
"un plato chino de ocho ingredientes"	

3. CARACTERÍSTICAS DEL CHINO MANDARÍN — REPERCUSIONES EN LA FORMACIÓN DE PALABRAS

3.1. EL MANDARÍN MODERNO Y OTROS DIALECTOS CHINOS

La relación entre el chino y otras lenguas de las comunidades vecinas ha suscitado una gran polémica desde hace mucho tiempo. Actualmente, la mayoría de las lenguas que se hablan en el territorio chino (el este y sureste de Asia, así como algunas partes del norte de la India) comparten varios rasgos similares. Sin embargo, no sabemos con exactitud cuáles de estas similitudes son señales características de la afiliación lingüística y cuáles son las consecuencias de una coexistencia en la misma área cultural durante muchos siglos. Según la opinión más divulgada, el chino pertenece a la **familia sino-tibetana** de la que surgen cuatro ramas principalmente:

1. **El chino.**

2. **El miao-yao**: son las lenguas habladas por las tribus que viven en las partes montañosas de Indochina, el norte de Birmania y el suroeste de China.

3. **El kam-tailandés**: este grupo comprende el tailandés, el laosiano, el shan (del estado Shan de Birmania) y unas lenguas del sureste de Asia.

4. **El tibetano-birmano**: se habla en Tíbet, Birmania, otras partes del sur y sureste de Asia y algunas zonas del norte de India.

En total, centenares de lenguas están incluidas en estas cuatro ramas. Aparte de esto, se detecta que las lenguas que se usan en los países vecinos de China muestran gran cantidad de similitudes superficiales con la lengua china, especialmente en el vocabulario, aunque sus rasgos estructurales básicos indican claramente que no tienen relaciones lingüísticas con la lengua china. Estas lenguas de las que estamos hablando son, particularmente, el **coreano**, el **japonés** y, tal vez, también el **vietnamita**. La afiliación de estas tres lenguas todavía se desconoce. En cuanto a las semejanzas que tienen con el chino se deben a la influencia cultural que ha ejercido China sobre esos países durante mucho tiempo por medio de varios dialectos chinos.

Los dialectos chinos comparten muchos rasgos importantes en todos los niveles estructurales: la estructura silábica relativamente simple, la concurrencia de fonemas tonales como partes de sílabas, la tendencia a transformar voces sonoras en sordas y el uso de "clasificadores" o "palabras medidoras", son las características comunes de todos los dialectos chinos.

Además casi todos los morfemas de los dialectos chinos son monosilábicos. Estos dialectos poseen un gran almacén de morfemas en común, aunque éstos pueden diferir en frecuencia y en distribución según cada dialecto. En cuanto a los tipos de formación de palabras, son bastante limitados en todos los dialectos. El hecho de que no haya una línea divisoria clara entre morfología y sintaxis es resultado de que un gran número de unidades sintácticas independientes consisten en un solo morfema, y las construcciones oracionales son, muchas veces, muy parecidas a las construcciones morfológicas dentro de las mínimas unidades sintácticas.

El ser un idioma monosilábico hace que las palabras del chino (en sentido general, refiriéndose a todos los dialectos chinos que pueden agruparse bajo este nombre) no tengan que sufrir ningún cambio formal según la función que desempeñan en la frase. La noción bastante débil de las categorías gramaticales en chino y, como consecuencia, la alta libertad de colocar una palabra en casi cualquier posición de la frase[18] contribuyen al hecho de que la diferencia entre la morfología y la sintaxis se desvanezca en chino.

Si nos fijamos en los rasgos que caracterizan las distintas tipologías del orden de palabras, en seguida, nos daremos cuenta de que el chino mandarín contiene rasgos indicativos tanto de tipo **SOV** como de **SVO**, por ej., en chino las preposiciones y los auxiliares preceden al verbo, y se utiliza la estructura superficial del orden SVO para oraciones simples declarativas; pero también se hallan rasgos de SOV tales como:

a) Los modificadores van delante del modificado,

18.Es relativamente frecuente el fenómeno llamado "coincidencia de clase", es decir, términos que según su disposición en la frase pueden actuar como dos o más categorías diferentes, p. ej.,

愛 (ài) V: amar			N: amor		
我	愛	國	神	是	愛
wô	ài	guó	shén	shì	ài
yo	amar	patria	Dios	ser	amor
"Yo amo la patria."			"Dios es amor."		

Adj.: amado/a/s						
他	的	愛	犬	叫	摩	里
ta	de	ài	quân	jiào	mó	lî
él	suf. posesivo	amado	perro	llamarse	Mori	
"Su perro favorito se llama Mori."						

上 (shàng) V: subir		Adv. o posposición: encima de, sobre			Adj.: alto/a/s	
上	車！	在	樹	上	上	級
shàng	che!	zài	shù	shàng	shàng	jí
subir	coche	estar	árbol	encima de	alto/a/s	nivel
"¡Sube al coche!"		"Está encima del árbol."			"el jefe"	

b) Existen partículas modales oracionales y,

c) La estructura superficial del orden SOV.

Por lo tanto, no es fácil clasificar rotundamente el chino como una lengua de tipo SOV o SVO, aunque el chino moderno posee una clara tendencia a constituirse como lengua SOV. Este fenómeno actual es el resultado de una transición gradual del chino mandarín del tipo SVO al tipo SOV durante los últimos mil años. Se pueden citar varios datos para sostener este argumento, p. ej., el norte de China donde se habla el mandarín había sido invadido y ocupado por las tribus nómadas durante siglos después de la desintegración de la dinastía Han (a principios del S. III). Estos pueblos nómadas hablaban lenguas pertenecientes a la familia altaica (típica del tipo SOV) y este hecho causó un impacto significativo en los dialectos del norte de China; mientras que los dialectos del sur, donde la influencia nómada era mínima, muestran menos rasgos SOV que el mandarín. Además de esto, los documentos históricos indican que había muchas menos oraciones de estructura SOV antes de la dinastía Tang (a principios del S. VII - a principios del S. X) y que en el período anterior a Tang, se hablaba una lengua de tipo SVO más pura.[19]

El rasgo monosilábico también acarrea determinadas tendencias y resultados trascendentales. El número de sílabas pronunciables no es, desde luego, ilimitado, por lo tanto, cuantas más palabras se crearan en la lengua, más difícil sería evitar que fueran homófonas. La homofonía se agravaba aún más por la tendencia a simplificar los sonidos en chino. Si seguimos las huellas del desarrollo de la lengua china, no tardamos en descubrir esta tendencia. Ya en el año 500 d. C., el chino no toleraba más que una consonante al principio de una palabra y en los sonidos finales de las sílabas prevalecía una

19. Hsuan-Chih Chen (1992): "Reading comprehension in Chinese: Implications from character reading times" en *Language processing in Chinese*, ed. por Hsuan-Chih Chen y Ovid J. L. Tzeng, North-Holland, Elsevier Science Publisher B. V.

monotonía aún mayor. Era justamente como el griego antiguo, que no permitía otros sonidos finales que no fueran vocal o *n, r* o *s* (con *x*); así, todas las palabras chinas en esa época tenían que terminar en vocal o en *p, t, k, m, n* o *ng*. Como consecuencia de estas restricciones, ya abundaban **palabras homófonas** que no tenían conexión alguna entre sí en el origen o en el significado.[20]

Tampoco faltan ejemplos de homofonía en las lenguas europeas, sin embargo, los casos que existen en estas lenguas no son tan numerosos como para que produzcan una ambigüedad preocupante. En chino, por otro lado, en la época de la que estamos hablando, los abundantes términos homófonos fueron perjudiciales para la inteligibilidad en el habla, causando ambigüedades e interpretaciones erróneas, y esto se complicaba cada vez más, ya que desde entonces la lengua china avanzaba aún más en el camino de la simplificación fónica. Otro factor que agudizaba esta situación es que el proceso de simplificación no había tenido lugar de forma igual en el chino de todas las partes de ese país.

Si comparamos ahora el chino mandarín moderno con el chino del año 500 d. C., nos damos cuenta de que el proceso continuo de simplificación de sonidos ha dejado huellas muy sorprendentes. Entre ellas, vemos que el mandarín ha perdido sus originales *p, t* y *k* al final de las sílabas, lo cual ha producido más y más palabras homófonas. Todos los dialectos chinos tienen un almacén de escasas sílabas, fónicamente diferentes, y de gran cantidad de palabras homófonas. El mandarín, dialecto de Pekín, es uno de los dialectos chinos fónicamente más pobres, con tan sólo 420 sílabas distintas,[21] y encima, muchas de ellas se parecen unas a otras. Un extranjero al escuchar hablar a un pekinés tendrá la sensación de

20.B. Kalgren (1923), *Sound and symbol in Chinese,* London, Oxford.

21.Nos referimos sólo a las combinaciones de fonemas sin contar con los cuatro tonos que puede conllevar cada sílaba.

que éste sólo posee un vocabulario de unas docenas de palabras que está repitiendo continuamente.

Este proceso de simplificación trae como consecuencia que todos los caracteres chinos tengan que distribuirse entre estas 420 sílabas. Afortunadamente, esta inconveniencia que causa la homofonía se alivia considerablemente por ciertos elementos fonéticos, esto es, los tonos.

En el chino mandarín y sus dialectos, **el tono** de la sílaba es de suma importancia. No es nada exagerado decir que el pronunciar debidamente el tono es algo tan esencial como articular bien las vocales y consonantes, porque el tono sirve para distinguir palabras de significados distintos y porque las pronunciaciones de las palabras de una sílaba idéntica resultarían exactamente iguales si estuvieran privadas de los tonos.

¿Cuál es la explicación de la tendencia en chino a la simplificación del sonido sin reparar en que eso pueda ocasionar falta de entendimiento en las palabras pronunciadas, la consecuencia inevitable tras ese proceso? La respuesta no es difícil de encontrar. En chino, no es el sonido el que se hace cargo de transmitir el significado de la palabra sino el símbolo escrito en sí mismo, a saber, el ideograma. Es decir, para la mayor parte de la población china, el sonido de las palabras es de menos importancia en comparación con su diferenciación ideográfica. El desarrollar un sistema de ideogramas para que éstos conlleven todos los significados en la medida de lo posible es la tarea principal de la que se ocupa el genio creativo de la lengua china. Podemos decir que el desarrollo del vocabulario chino se caracteriza por el contraste entre la tendencia a la simplificación del sonido, que da como resultado un alto grado de uniformidad fonética, y la tendencia a la variación de los ideogramas. Eso explica también que el intento de adoptar un sistema de romanización o alfabetización para sustituir los caracteres chinos desembocará en incomprensión debido a la existencia de los numerosísimos homófonos.

El "**clasificador**" o "**palabra medidora**" es la palabra que se usa para clasificar un nombre y, en ciertos casos, ocupa el lugar del nombre cuando el clasificador se adjunta a un determinante numeral o a un demostrativo. Su función es parecida a la de los prefijos de clase en las lenguas bantúes (conjunto de lenguas negroafricanas que se hablan en toda la mitad sur del continente africano). Es decir, el clasificador sirve para poner los nombres, a grandes rasgos, en grupos de significados más o menos similares. Los clasificadores son numerosos y varían según el nombre con que se combinen y, algunas veces, varían incluso con los diferentes significados de un nombre. Para tener una idea de lo frecuente de su uso, basta decir que, salvo unas pocas palabras que denotan cantidad o medidas (ellas mismas pueden funcionar como "clasificadores"), en ninguno de los dialectos chinos se permite colocar un determinante numeral o demostrativo directamente antes del nombre; estas dos partes tienen que ser unidas mediante un clasificador. Por lo tanto, en chino no se dice *un zapato* sino *una pieza de zapato*, no se dice *dos tablas* sino *dos trozos de tablas*, no *estas manzanas* sino *estas unidades de manzanas*. El clasificador, como los pronombres demostrativos en español, también sirve para evitar la repetición del nombre anteriormente mencionado, siempre y cuando esté acompañado de un determinante numeral o demostrativo y que sea un clasificador apropiado para el objeto denotado.

Es evidente que el español no tiene tales morfemas clasificadores, pero a veces requiere algún "clasificador" para transformar los nombres continuos en individuales, p. ej., *cien cabezas de ganado vacuno* en vez de *cien ganados vacunos, una tableta de chocolate* en vez de *un chocolate, y estos miembros del tribunal* en vez de *estos tribunales*.[22]

Los dialectos chinos se clasifican y se agrupan en función de sus estructuras fónicas. La postura más generalizada entre los lingüistas es dividirlos en siete grupos dialectales, tal como se representan en el mapa de abajo. A continuación expondremos estos siete grupos ordenados por el número de sus hablantes:

1. El **mandarín**: es el dialecto que cuenta con más población, se extiende principalmente por el norte, noroeste, suroeste y por la parte baja del río Yángzǐ. Las ciudades más representativas de estas zonas son Pekín (= běijīng), Tàiyuán, Chéngdu y Nánjīng.

2. El **wú**: se habla en las provincias costeras del sureste (Jiāngsū y Zhèjiāng) y shànghǎi. Las ciudades que representan esta zona dialectal son Sūchōu y Wēnzhōu.

3. El **xiāng**: se habla principalmente en la provincia del interior (Húnán). El núcleo de población más representativo es Chángsha.

4. El **yuè o cantonés**: se habla en la mayor parte de las dos provincias marítimas del sur (Guǎngdōng[23] y Guǎngxī) y Hong Kong. Las ciudades representativas de este dialecto son Zhōngshān, Liánzhōu, Gāozhōu, Táishan y Yùlín.

5. El **hakka**: se habla principalmente en las dos provincias marítimas del sur (el norte de Guângdong y en el este y suroeste de Guǎngxī) y la isla Hǎinán. La ciudad más representativa es Méixiàn.

6. El **gàn**: se habla exclusivamente en la provincia del interior (Jiāngxī). La ciudad que representa esta habla es Nánchāng.

7. El **mǐn**: se usa en la provincia costera del sureste (Fújiàn),

---

22. Consuelo Marco Martínez y Wan-Tang Lee (1998), *Gramática de la lengua china,* p. 110.

23. Se conoce también por Cantón.

Taiwán y una parte de la isla Hǎinán. Los núcleos de población más importantes son Fúzhōu, en el norte, y Cháozhōu, en el sur.[24]

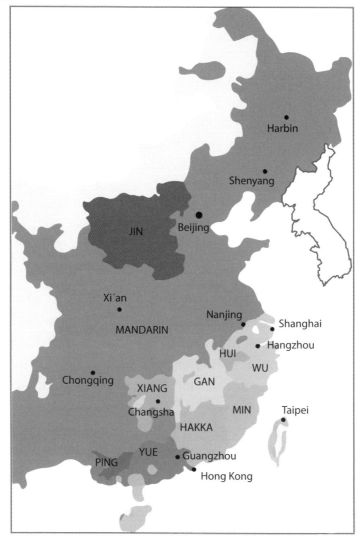

---

24. Charles N. Li y Sandra A. Thompson (1981), *Mandarin Chinese. A functional reference grammar,* pp. 2-4, imagen tomada de Wiki pedia, página web: https://en.wikipedia. org/wiki/Chinese_language

En un país con una vasta extensión geográfica y tantos dialectos, entre ellos muchos ininteligibles, es lógico que surgiera la necesidad inminente de designar una lengua común para eliminar las barreras comunicativas. Desde 1928 el chino mandarín empezó a desempeñar el papel unificador en la comunicación de todo el país. El término "chino mandarín moderno" se usa actualmente con una significación cronológica, y frecuentemente se interpreta, al menos, de dos maneras: por una parte, muchos sinólogos emplean este término en oposición al "chino clásico". Es decir, cuando lo usan se refieren fundamentalmente al estilo escrito de la literatura moderna del siglo XX. Por otra parte, se entiende "chino mandarín moderno" en el sentido lingüístico: se trata de la lengua que hoy en día usan los hablantes instruidos del dialecto de Pekín (= Běijīng), y que la mayoría de los hablantes de otros dialectos chinos consideran como la forma "correcta" de la comunicación oral. Es, pues, la "lengua oficial".

Entre las razones por las cuales empezó a abandonarse gradualmente el antiguo estilo escrito, encontramos las siguientes de mayor relevancia: el impacto de la cultura occidental en China y la necesidad de hacer frente a ello, la demanda primordial de elegir un habla común para echar abajo el particularismo regional y sustituir el antiguo estilo escrito por un lenguaje suficientemente sencillo como para poder ser adquirido con facilidad por todos, en lugar de dedicar muchos años al estudio para llegar a dominar el antiguo estilo literario y, la última, la inclinación desequilibrada por la literatura en el viejo sistema educativo hacía que los estudiantes tuvieran que dedicarle un tiempo excesivo, lo que les impedía aprender otras asignaturas, que después se dan cuenta, son necesarias y útiles.

Entonces, para resolver todos estos problemas y gracias a los grandes esfuerzos de Hú Shì (1891-1962, escritor chino), quien se situó al frente del movimiento de la "Revolución Literaria" en 1917 e impuso el uso de la lengua coloquial, se decidió a adoptar uno de los dialectos chinos como la lengua estándar para todo el país. Esto no sólo en el nivel del habla sino también en el del lenguaje escrito, y fue en ese mismo tiempo en que decidieron conservar la escritura china. Cualquier chino instruido podía entender el nuevo estilo escrito aunque no comprendiera el pekinés hablado. No era extraño que el dialecto elegido como la "lengua nacional" fuese el mandarín, dada su extensión más amplia entre todos los dialectos. Esta lengua nacional está basada en la pronunciación del dialecto pekinés, en la gramática del mandarín del norte y en el vocabulario de la literatura vernácula moderna. Es conocida en la China Continental como **pǔtōnghuà,** lo cual significa "lengua común". El estilo y vocabulario de esta lengua común pretende ser asequible a todos. Durante los años cincuenta, la República de China o Taiwán también adoptó la política de promover la misma lengua común entre el pueblo, al que denominó **guóyǔ**, que significa literalmente "lengua nacional". El término "chino mandarín" engloba a ambos.

Aunque el chino mandarín de ambos Estados es, en líneas generales, el mismo, en los años cincuenta, el gobierno de la China Continental realizó unas reformas trascendentales sobre la lengua, las cuales consistieron, principalmente, en dos aspectos. Primero, la **simplificación** de muchos caracteres excesivamente complicados; en segundo lugar la **adopción de un alfabeto** basado fundamentalmente en el romano, pero con algunos símbolos extraídos de la transcripción fonética internacional y del sistema cirílico. Las modificaciones han sido introducidas por grados. De vez en cuando se publican listas de caracteres abreviados oficialmente autorizadas. Muchos de ellos ya están en uso en la documentación gubernamental, y en los diccionarios de prestigio se les otorga preferencia. La transcripción alfabética tiene por objeto primario liquidar el analfabetismo general, permitir una mejor introducción de tecnicismos o nombres extranjeros, y servir de un medio complementario para que los que ignoren la grafía correcta puedan escribir también en chino. Finalmente, lo que se pretende es reemplazar los caracteres normales por el alfabeto para el uso cotidiano, mientras que la forma tradicional la estudiarían sólo los historiadores. En actualidad, la escritura tradicional o forma completa sigue conservándose en Taiwán y entre los chinos de ultramar en todas partes.

3.2. LA ESCRITURA — CARACTERES

La escritura china es una ortografía estética. El signo chino está constituido de morfemas léxicos llamados caracteres. Cada carácter ocupa un área determinada y de forma cuadrada, por eso es posible manipular el grado de complejidad de un carácter chino, mientras que en las escrituras alfabéticas el nivel de complejidad y de la largura de la palabra se confunden. Cada carácter chino está separado claramente de otros caracteres con un espacio en el texto, pero esto no sucede así con las palabras: como la palabra china puede comprender más de un carácter, las fronteras entre las palabras no están marcadas por un espacio adicional. Los caracteres varían en el número de trazos, de uno hasta, incluso, 29, (p. ej., 一 (yī) "uno" vs. 鐵 (tiě) "hierro"), y en la construcción morfémica (p. ej., 朋 (péng) "amigo" está compuesta de dos partes combinadas horizontalmente, mientras que 二 (èr) "dos" está formada por dos componentes ordenados verticalmente), pero los caracteres no varían nunca en el tamaño global.

La mayoría de los caracteres chinos son compuestos, es decir, formados por un **radical** (hay 214 radicales en total) más la base.

La base de un carácter compuesto puede ser, a su vez, un carácter compuesto también:

un carácter compuesto = radical + base = radical + (radical + base) = radical + (carácter compuesto)

En muchos casos, la base puede valer por sí sola y tener un uso independiente, mientras que el radical no suele usarse aisladamente.

A pesar de que la configuración horizontal como

-estructura $_{AB,}$ p. ej. : 好 *hǎo* "bien", 鏡 *jìng* "espejo", 怕 *pà* "temer", 秒 *miǎo* "segundo", 冷 *lěng* "frío", etc.

y la vertical como

-estructura $_{B}^{A}$, p. ej. : 否 *fǒu* "negar", 省 *shěng* "provincia", 字 *zì* "carácter chino", 念 *niàn* "leer", 胃 *wèi* "estómago", etc. representan la mayor proporción en la construcción morfémica del chino; sin embargo, éste dispone de más de 15 tipos de configuraciones, tales como:

-Estructura A, p. ej. : 日 *(rì)* "sol", 心 *(xīn)* "corazón", 牙 *(yá)* "diente", 木 *(mù)* "madera", 刀 *(dāo)* "cuchillo"

-Estructura ABC , p. ej:

懶 *(lǎn)* "perezoso", 攤 *(tān)* "extender", 測 *(cè)* "medir", 謝 *(xiè)* "dar gracias", 樹 *(shù)* "árbol"

-Estructura $_{BC}^{A}$, p. ej. :

嵌 *(qiān)* "incrustar", 覆 *(fù)* "cubrir", 筏 *(fá)* "balsa", 霜 *(shuāng)* "escarcha", 萌 *(méng)* "brotar"

-Estructura $_{C}^{AB}$, p. ej. :

壁 *(bì)* "pared", 恐 *(kǒng)* "miedo", 誓 *(shì)* "juramento", 婆 *(pó)* "mujer de edad avanzada", 暫 *(zhàn)* "temporal", etc.

En la mayoría de las escrituras alfabéticas, la palabra está construida de letras encadenadas de izquierda a derecha, y la lectura es de dirección única; mientras que la lectura de los caracteres chinos se puede realizar en direcciones múltiples, esto es, de izquierda a derecha, de derecha a izquierda, de arriba abajo, de forma circular, etc.

Hasta aquí, podemos sintetizar los atributos del carácter chino con los siguientes puntos:

1. Los caracteres representan morfemas léxicos y varían en complejidad de construcción.

2. Los límites entre los caracteres chinos están indicados por espacios, pero no así las fronteras entre las palabras.

3. Las palabras chinas pueden comprender un solo carácter o más.

4. Las palabras chinas en general no marcan intrínsecamente categorías léxicas; tampoco poseen sufijos flexivos.

5. En chino el contexto discursivo y situacional juega un papel crucial en la lectura y en la comprensión.

En los orígenes de la escritura china, los símbolos que se usan para representar sonidos y sílabas no son unas figuras arbitrarias sino caracteres ideográficos. Éstos expresan nociones antes que sonidos; son muy antiguos y son únicos en todos los sentidos.

Se dice que el inventor o autor de los caracteres chinos fue Fú xī(2200 a. C). Fue el primero de los Cinco Emperadores antiguos y sucesor de los Tres Soberanos míticos. Otra versión cuenta que, Huáng Dì, el tercer emperador desde Fú Xī, ordenó a chāng Jié, un hombre con gran genio y presidente de la junta de historiadores, que elaborara y compusiera los caracteres, siguiendo las seis reglas para su configuración que había establecido Fú xī. Un día, cuando

Chāng Jié paseaba por la orilla del río, se fijó en algunas huellas de patas de pájaros en la arena, se sentó a meditar en el mandato del emperador y copió algunos dibujos en bambú con una pluma mojada en barniz. Al volver a casa, multiplicó las formas, sin perder de vista ni un momento las huellas de los pájaros, y así produjo los 540 caracteres que fueron llamados caracteres de huellas de pájaros.

Al principio, los caracteres eran diseñados para representar directamente objetos o sucesos en vez de indicar sus pronunciaciones. La prueba irrefutable de esto es el hecho de que las dos clases ortográficas que se desarrollaron primero fueron los **pictogramas** y los **ideogramas**, y después las otras cuatro: los **ideogramas complejos**, los **compuestos fonéticos**, los de **extensión etimológica** y los **préstamos falsos**. Sin embargo, esto no quiere decir que el fonetismo se quede completamente fuera de la ortografía china, al contrario, a medida que evoluciona la ortografía, la creación de los caracteres se ha encaminado hacia la denotación del sonido sin dejar por eso de representar objetos o sucesos. Se calcula que cerca del 80 % de los caracteres modernos son compuestos fonéticos, y todos los caracteres de este tipo consisten por lo menos en dos radicales principales: uno se encarga de señalar la pronunciación y el otro, el significado.

La escritura china es un producto muy complicado. Primero, como se ha mencionado antes, no todos los caracteres chinos están formados conforme a un solo principio ni todos de una vez. Existen tres clases de caracteres principales según el método de formación: los pictogramas, los ideogramas complejos y los compuestos fonéticos.

(1) La escritura china empezó dibujando objetos; así nacieron los pictogramas. Una gran cantidad de caracteres con referencia a objetos de la naturaleza pertenecen a este tipo, por ej.,

日	月	水	山
rì	*yuè*	*shuǐ*	*shān*
"sol"	"luna"	"agua"	"montaña"
門	目	鳥	人
mén	*mù*	*niǎo*	*rén*
"puerta"	"ojo"	"pájaro"	"persona"
木	手	龜	子
mù	*shǒu*	*guī*	*zǐ*
"árbol"	mano"	"tortuga"	"hijo"

(2) Los pictogramas son sumamente cómodos para representar objetos concretos y así se crearon centenares de caracteres de este tipo. Pero los pictogramas no son capaces de representar ideas abstractas; entonces, para salir de este apuro, se tuvo que inventar el segundo método, que era usar la forma de un objeto concreto para simbolizar una idea abstracta pero estrechamente asociada al objeto. Son los llamados **ideogramas simples**, p. ej.,

一	二	三	中
yī	*èr*	*sān*	*zhōng*
"uno"	"dos"	"tres"	"centro"
旦	上	下	曰
dàn	*shàng*	*xià*	*yuē*
"el amanecer"	"encima"	"debajo"	"algo en la boca, decir"

(3) Sin embargo, estos métodos, por muy ingeniosamente que fueran concebidos, no eran suficientes cuando se necesitaban muchísimos más caracteres para cantidades de ideas abstractas. Por lo tanto, se hacía necesario seguir inventando más métodos

y el siguiente es lo que llamamos **"ideogramas complejos"**. Este tipo consiste en la combinación de dos caracteres simples, que son respresentaciones gráfico-simbólicas de los objetos o de conceptos más elaborados y tienen cierta relación semántica con el término que se quiere expresar, por ej.,

| 古 | *gǔ* | "antiguo, viejo" |

Esta palabra está compuesta de 十 *(shí)* "diez" y 口 *(kǒu)* "boca", puesto que si algo ha pasado a través de diez bocas o generaciones, será "antiguo".

| 休 | *xiū* | "descansar" |

Está compuesta de 人 *(rén)* "persona" y 木 *(mù)* "árbol", y significa "descansar", la explicación es que cuando una persona está cansada, busca un árbol para descansar.

| 尖 | *jiān* | "agudo, afilado" |

Está compuesta de 小 *(xiǎo)* "pequeño" y 大 *(dà)* "grande", porque si algo es grande en la base y poco a poco se va haciendo pequeño, decimos que es agudo.

| 明 | *míng* | "brillante" |

Está compuesta de 日 *(rì)* "sol" y 月 *(yuè)* "luna", y aporta el sentido de "brillante", pues ambos son luminosos.

| 林 | *lín* | "bosque" |

Está compuesta de 木 *(mù)* "árbol" y 木 *(mù)* "árbol", la repetición implica la multitud.

(4) Estos últimos dos tipos (ideogramas simples e ideogramas

complejos) tampoco podían dar abasto a la gran demanda de crear más caracteres, aunque lograron expresar admirablemente las ideas que no podían representar los dibujos simples. Cuando había que multiplicar caracteres a miles, estos dos métodos quedaban apartados por la dificultad. La lengua china no tuvo más remedio que buscar otro recurso para poder inventar caracteres masivamente. En estas circunstancias nació el nuevo método: los **compuestos fonéticos**, gracias a este método rápido, se podían engendrar masivamente caracteres nuevos. Se trata de un tipo de escritura fonética pero de naturaleza distinta a la escritura alfabética. Las escrituras alfabéticas sólo representan el sonido de la palabra sin hacer referencia a su significado, y esto es totalmente extraño a los hábitos chinos, puesto que ya se habían acostumbrado a que el carácter indicara significado, y ellos no estaban dispuestos a abandonar completamente este principio. Los compuestos fonéticos están formados por una parte fonética, que da pistas sobre la pronunciación del carácter, (aunque no es necesario que sea absolutamente homófono), y por otra parte semántica, que aporta, o por lo menos sugiere, el significado del carácter, por ej.,

固	*gù*	"sólido, firme"

En este carácter se combinan el fonético 古 (*gǔ*) y la grafía 囗 (wéi), un cuadrado cerrado que significa precisamente "cerrar", los dos indican que la pronunciación de este carácter compuesto es (gù) y el significado es "sólido, firme"

睡	*shuì*	"dormir"

El elemento fonético es 垂 (*chuí*) "caer" y el elemento significativo es 目 (*mù*) "ojo". Cuando a una persona "se le caen los ojos" quiere decir que está durmiendo.

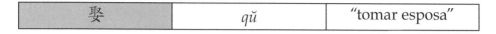

| 娶 | qǔ | "tomar esposa" |

El elemento 取 *(qǔ)* significa "tomar" y al mismo tiempo indica la pronunciación del carácter, y el elemento 女 *(nǚ)* "mujer" aporta el significado al carácter.

A través de este método, se crean nuevos caracteres de una forma más sencilla y eficaz. Los caracteres así formados ocupan la mayor proporción del vocabulario chino: un 90% aproximadamente.[25] Según un cálculo, el 82% de los caracteres que figuran en *Shōu wén jiê zì* (121 d. C., el diccionario más antiguo de los caracteres chinos) son fonogramas,[26] y el porcentaje es aún mayor en el chino moderno, como acabamos de informar.

Cabe anotar la diferencia fundamental entre el escrito fonético occidental y los compuestos fonéticos del chino. En lenguas de escritura alfabética el escrito fonético sigue más o menos fielmente a los cambios de la pronunciación. Pongamos como ejemplo el caso del alemán, éste ajusta siempre estrictamente su ortografía a los cambios de pronunciación; sin embargo, en chino esa modificación ortográfica no se produce. Una vez que la composición de un carácter ha sido fijada, quizás incluso desde hace mil años, la ortografía permanece invariable a pesar de los grandes cambios de pronunciación que la mayoría de las palabras han sufrido. Esto trae como consecuencia que, como los compuestos fonéticos del chino son muy primitivos, el carácter gráfico y su pronunciación rara vez mantengan su equivalencia.[27]

25.Gustav Herdan (1964), *The structuralist approach to Chinese grammar and vocabulary*, The Hague, Mouton & Co.

26.W. S. Y. Wang (1981): "Language structure and optimal orthography" en *Perception of print*, ed. por O. J. L. Jzeng y H. Singer, Hilllsdale, NJ, Erlbaum.

27.Gustav Herdan (1964), T*he structuralistic approach to Chinese grammar and vocabulary*, The Hague, Mouton & Co.

(5) Las dos últimas formas de creación de caracteres inventadas son, de hecho, derivaciones de las anteriores. El quinto tipo es el de la **extensión etimológica**, que consiste en emplear un carácter con una connotación diferente a la original. Aprovechando la laguna de la expresión original que ha dejado por haber sido sustraído su significante, se crea otro carácter nuevo añadiéndole algún elemento a partir del primero. Por ej., 然 (rán) significaba etimológicamente "quemar", pero más tarde se le asignó un significado nuevo para usarlo en otras ocasiones, por lo tanto, dejó de significar lo de antes. Para expresar la primera idea se creó otro carácter, añadiéndole a la base (i. e., el carácter primero) el radical 火 (huǒ) "fuego", y con el nuevo carácter 燃 (rán) "quemar" se recuperó la significación anterior.

(6) El sexto tipo es el de los **préstamos falsos**, por comprender caracteres cuya derivación homófona no tiene ninguna conexión, por convención o por error, con la grafía original. Por ej., 焉 (yān), cuyo significado primitivo era el nombre de un pájaro, ahora se emplea para significar "aquí", "cómo" (generalmente en interrogativas negativas), "sólo", o se usa al final de la frase como una partícula auxiliar[28]. Tales falsos préstamos se originaron por necesidad de expresar una nueva idea, por cambios fonéticos del carácter, e incluso por las erratas o ignorancia etimológica de escritores y copistas.

Las tres últimas clases etimológicas dieron a los escribas chinos métodos eficaces para la introducción de miles de caracteres nuevos a lo largo de los siglos, se modificaron, combinaron o confundieron los trazos originarios de los caracteres para distinguir mejor sus diversos significados, o para denotar pronunciaciones más modernas. Los desarrollos culturales exigieron más y más

---

28. Se trata de las formas átonas que desempeñan funciones gramaticales de la estructura, de tiempo o de modo en la frase.

caracteres nuevos para representar términos literarios, o traducir los exóticos conceptos religiosos de los sutras búdicos y el conocimiento de la ciencia, técnica y costumbres de Occidente, muchas grafías nuevas fueron creadas por los procedimientos tradicionales tales como ideogramas compuestos, compuestos fonéticos, extensión etimológica y préstamos falsos.

Gracias a estos procedimientos de productividad inagotable para combinar los elementos gráficos, ideológicos y fonéticos, la lengua china posee un depósito de 40.000 caracteres diferentes, que están todos listados en el *Gran Diccionario de KāngXī* (1716, un diccionario de 42 volúmenes recopilado durante el reinado del emperador KāngXī en la dinastía Qīng, 1644-1911), pero el 80% de este exorbitante tesoro, unos 34.000 caracteres, son ya arcaicos o han caído en desuso. Cheng,[29] basándose en una colección enorme de artículos recogidos al azar de novelas populares, periódicos, revistas y libros de texto, ha descubierto que sólo 4.583 caracteres distintos se han usado prácticamente para componer esos artículos. Tomando este resultado de investigación como base, es lógico considerar a uno como lector maduro del chino si conoce aproximadamente 4.500 caracteres diferentes.

Dado que casi todos los caracteres chinos corresponden a morfemas (la mínima unidad significativa), desde el punto de vista de la economía cognoscitiva, el carácter es la unidad más conveniente para el almacenamiento. Beijing Language College (1986)[30] ha contado 1.310.000 palabras en total en varios libros chinos, pero sólo 4.574 caracteres diferentes se habían registrado en esos materiales. Debido a la fluidez de la noción de "palabra" en chino, es

29. C. M. Chen (1982): "Analysis of present-day Mandarin", en *Journal of Chinese linguistics*, 10, pp. 282-357.

30. Beijing Language College (1986), *Modern Chinese frequency dictionary*, Beijing Language College Press.

probable que, en comparación con español, una proporción mayor de palabras polimorfémicas chinas no figuren necesariamente en el lexicón, sin embargo, sus significados pueden captarse a lo largo del uso de la lengua. Muchas lenguas disponen de un lexicón que consiste en morfemas individuales, los cuales funcionan junto con el "juego de herramientas léxicas" (lexical tool kit) [31] lo que permite crear y entender palabras polimorfémicas. Esto es posible sólo con nuestro conocimiento del mundo, el cual nos hace comprender que, p. ej., *sala de estudio* es un cuarto donde la gente lee y, muchas veces, se pide un silencio absoluto en dicho lugar, pero *sala de fiestas* no, o comprender lo que es una *camisa de fuerza* cuando nos cruzamos por primera vez con este sintagma. Veamos cómo **el conocimiento morfémico más el conocimiento pragmático del mundo permite que el "juego de herramientas léxicas" funcione en palabras polimorfémicas** como:

孤	兒
gū	*ér*
solitario/a	niño/a
"huérfano/a"	
舞	廳
wǔ	*tīng*
baile	sala
"discoteca"	

天	使
tiān	*shǐ*
celestial	mensajero
"ángel"	
十	月
shí	*yuè*
diez	mes
"octubre"	

etc.

Quizás esto puede explicar por qué **los hablantes chinos sólo tienen que conocer una pequeña cantidad de caracteres para poder usar y entender un número mucho mayor de palabras polimorfémicas.** Dado que en chino la construcción de palabras

---

31. J. Aitchison (1987), *Words in the mind*, Oxford, Basil Blackwell.

polimorfémicas puede llevarse a cabo de muchas maneras, la representación y comprensión de sus significados tiene que depender en gran medida del funcionamiento del "juego de herramientas léxicas" y del conocimiento del mundo. En español, basta con tener un almacén de informaciones de apoyo concerniente al lexicón y considerar cada componente de las palabras como una información adicional, ya se puede captar el significado de las palabras; sin embargo, en el caso del chino, ese almacén de información sobre semejantes componentes de palabras juega un papel mucho más decisivo.

También es importante tener en cuenta que **el significado de un carácter chino depende enormemente del contexto** por dos razones principales: 1) muchos caracteres son polisémicos y pueden usarse con independencia como palabras en el texto, y 2) los caracteres tienen mucha flexibilidad para combinarse unos con otros y forman a su vez palabras polimorfémicas con distintos significados. Por ej., el carácter 生 *(shēng)* de por sí tiene varios significados:

a) parir　　　　　　　　　　b) nacer
c) producir　　　　　　　　d) subsistir
e) medios de subsistencia　f) viviente
g) crudo/a　　　　　　　　h) desconocido/a
i) vida　　　　　　　　　　j) alumno/a

según el carácter con que se combine forma palabras de significados muy diferentes, como:

a	生	育	b	生	日
	shēng	*yù*		*shēng*	*rì*
	parir	procrear		nacer	día
	"engendrar"			"cumpleaños"	

c	生	病	d	生	存
	shēng	*bìng*		*shēng*	*cún*
	producir	enfermedad		subsistir	existir
	"enfermar"			"subsistir"	
e	謀	生	f	生	物
	móu	*shēng*		*shēng*	*wù*
	buscar	medios de subsistencia		viviente	cosa
	"ganarse la vida"			seres vivientes"	
g	生	菜	h	生	字
	shēng	*cài*		*shēng*	*zì*
	cruda	verdura		desconocido	carácter chino
	"verdura cruda"			"vocablo nuevo, vocabulario"	
i	今	生	j	新	生
	jīn	*shēng*		*xīn*	*shēng*
	actual	vida		nuevo/a	alumno/a
	"esta vida"			"alumno/a nuevo/a"	

etc.

Este ejemplo ilustra la importancia específica que se otorga en chino al contexto sintagmático para aclarar los significados de un carácter, y también para mostrar cómo un mismo carácter se combina con diferentes caracteres y forman los dos una palabra con significado nuevo. El ejemplo que vamos a exponer a continuación explica claramente cómo forman los caracteres una red infinita de palabras polimorfémicas a través de la combinación:

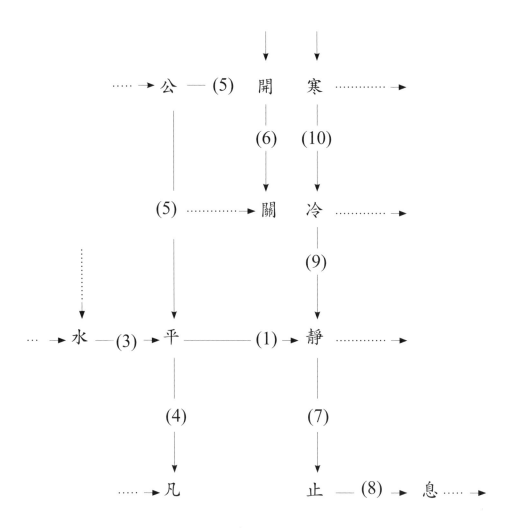

(1) 平靜 *(píng jìng)* " tranquilo"   (2) 公平 *(gōng píng)* "justo"

(3) 水平 *(shuǐ píng)* "nivel"   (4) 平凡 *(píng fán)* "ordinario"

(5) 公開 *(gōng kāi)* "público"   (6) 開關 *(kāi guān)* "interruptor"

(7) 靜止 *(jìng zhǐ)* "quieto"   (8) 止息 *(zhǐ xí)* "cesar"

(9) 冷靜 *(lêng jìng)* "calma"   (10) 寒冷 *(hán lěng)* "glacial"

La flecha sólida significa combinaciones reales, en las cuales los caracteres forman palabras bimorfémicas, y la flecha de puntos suspensivos quiere decir que existe un número indeterminado de otras combinaciones posibles.

Las palabras formadas de esta manera pueden tener muchas combinaciones diferentes, como A + A, N + A, V + V, V + O, A + N, N + N, V + Complemento Predicativo, etc.

Las palabras polimorfémicas chinas manifiestan con mayor frecuencia los significados de sus constituyentes que las palabras polimorfémicas españolas. En español, abundan ejemplos de sílabas agrupadas dentro de la palabra que carecen individualmente de significado, o poseen un significado oscuro, p. ej., helicóptero vs. 直 升 機 "helicóptero" (直 zhí "vertical", 升 shēng "ascender", 機 jī "máquina"). El chino se resiste en general a construir palabras con caracteres que no tienen significado de por sí, así, AIDS (= SIDA) en chino se dice 愛 滋 病 (愛 ài "amor", 滋 zī "propagada", 病 bìng "enfermedad"), e incluso 愛 ài 滋 zī, los dos juntos, ¡se pronuncian casi igual que AIDS!

Por último, la distinción entre el morfema y la palabra es, a veces, floja en la mente de los hablantes chinos. En el chino clásico las palabras eran predominantemente monosilábicas, es decir, casi todos los morfemas individuales gozaban de gran autonomía, mientras que en el chino moderno se percibe una tendencia evidente a formar palabras bisilábicas. Por ejemplo, el carácter 師 (shī) "maestro" era una palabra en el chino clásico, p. ej.:

吾	師	尊	師	重	道
wú	shī	zūn	shī	zhòng	dào
mi	maestro	respetar	maestro	valorar	la doctrina de Confucio y Mencio
"mi maestro"		"respetar al maestro y valorar la doctrina"			

Pero este carácter con el mismo significado ya ha dejado de tener independencia en el chino moderno, pues aparece siempre combinado con el prefijo 老 *lǎo* (su significado original es "viejo, antiguo", sin embargo, al usarse como prefijo se ha deslexicalizado) formando una sola palabra:

老	師
lǎo	*shī*
prefijo	maestro
"maestro, profesor"	

Todos los chinos de cierto nivel cultural son conscientes del lenguaje literario y usos clásicos, y además, el chino clásico no ha sido abandonado completamente en la actualidad y todavía está presente en determinados escritos formales. Por esta razón, aunque el carácter 師 (*shī*) "maestro" ha pasado a ser un morfema ligado en el chino moderno, su uso clásico como palabra con autonomía permanece viviente aún en la mente de mucha gente.

Como resultado de esta evolución paulatina, muchas palabras monosilábicas se han morfemizado (convirtiéndose en morfemas ligados), ambas variaciones (o sea, un mismo carácter que se usaba antiguamente como palabra independiente y hoy en día como un morfema ligado) son conocidas por mucha gente. La morfemización de palabras monosilábicas sigue en curso, puesto que, en lugar de crear genuinamente caracteres nuevos, éste constituye el método principal de acuñar palabras nuevas en chino.

La combinación de los caracteres chinos no consiste en monosílabos yuxtapuestos, sino que por su flexible sistema morfológico, los signos se juntan los unos con los otros para formar diferentes palabras. Sus valores históricos, caligráficos, semánticos, literarios y culturales no pueden trasvasarse ingenuamente a una romanización fonética. Por eso, los chinos de todas las latitudes continúan usando y enseñando caracteres, sean simplificados o no.

3.3. SISTEMA FONÉTICO Y TONOS

La estructura silábica del mandarín es bastante sencilla: a cada carácter chino le corresponde una sílaba,[32] cada sílaba contiene, por lo menos, una vocal (o un diptongo o triptongo) como núcleo. La sílaba puede componerse de cuatro partes: la **cabeza** (o los **fonemas iniciales**), el **núcleo vocálico**, la **coda** (o los **fonemas finales**) y los **tonos**. Con diferentes combinaciones de estas cuatro partes resultan todas las sílabas existentes en chino, por lo que es predecible hasta cierto punto todas las pronunciaciones posibles de que dispone esta lengua para su transmisión acústica, y se puede también indicar cuáles son las restricciones fonéticas para evitar malas combinaciones.

Los fonemas **iniciales** se refieren a la consonante inicial de una sílaba. Como la fonética china carece de consonantes agrupadas (i. e., secuencias de consonantes), se permite sólo una consonante que ocupa la posición inicial. Pero también puede ser que una sílaba carezca de consonante inicial, en este caso, se trata de la inicial "cero". A continuación aportamos la lista de las consonantes iniciales del mandarín, que son 22 en total incluyendo la "inicial cero".

---

32. La única excepción es el sufijo 兒 (ér), pues al pronunciarlo éste se fusiona con la sílaba a la que sigue, p. ej.,

花　　兒
huā　　ér = huār
flor　　suf. de apoyo fónico "flor"

	no aspiradas cortas	aspiradas cortas	no aspiradas africadas	aspiradas africadas	nasales	fricativas	sonoras largas
bilabiales	b	p			m		
labio-dentales						f	
dental-alveolares	d	t	z	c	n	s	l
retro-flexivos			zh	ch		sh	r
palatales			j	q		x	
velares	g	k				h	

Sólo hay dos fonemas **finales** en chino. Las dos únicas consonantes que pueden aparecer en la posición final son la velar nasal [e], representada por *ng*, y la alveolar nasal [n], representada por *n*. Sólo estas dos se permiten ocupar la última posición de la coda y nunca aparecen como iniciales. Abajo presentamos la tabla de todas las vocales y consonantes finales del chino mandarín; son 37 en total:

	-i, (y-) [33]		-u, (w-)		-ü, (yu-)
a	-ia, (ya)		-ua, (wa)		
o	yo		-uo, (wo)		
e [34]	-ie, (ye)				

---

33. Las formas alternantes que aparecen entre paréntesis sólo se usan cuando no están precedidas de ninguna consonante, es decir, en caso de la "inicial cero". Los símbolos fonéticos *y* y *w* no se usan aisladamente.

34. Los dos sonidos (e y ë) al transcribirse apelan al mismo símbolo fonético, no obstante, no corren ningún peligro de ser confundidos el uno con el otro, porque las distribuciones de ellos no tienen solapamiento entre sí.

ë			-üe, (yue)
ai		-uai, (wai)	
ei		-ui, (wei)	
ao	-iao, (yao)		
ou	-iu, (you)		
an	-ian, (yan)	-uan, (wan)	-üan, (yuan)
en	-in, (yin)	-un, (wen)	-ün, (yun)
ang	-iang, (yang)	-uang, (wang)	
eng	-ing, (ying)	-eng, (weng)	-iong, (yong)
er			

Los **tonos** forman parte de la fonética del chino, y tienen funciones tanto fonológicas como semánticas. El uso de los tonos no sólo sirve para variar musicalmente una sílaba en la lengua hablada, sino también para referirse a signos lingüísticos diferentes de la misma sílaba. Puede ser que la cabeza (o el fonema inicial) y el tono sean ocasionalmente "cero" y la coda (o el fonema final) se reduzca a una vocal sola. El sistema tonal del mandarín es más sencillo que el de los dialectos del sur de China, p. ej., el cantonés posee nueve tonos, el amoy (de Xiamen, ciudad y puerto de Fujian, al sureste de China, en una isla frente a Taiwán), siete, mientras que el chino mandarín tiene tan sólo cinco (aunque generalmente se dice que son cuatro tonos en el chino mandarín, esto se debe a que antiguamente agrupaban el primer tono y el segundo bajo la misma categoría). En razón de sus valores fonológico-semánticos, hay que marcarlos cuidadosamente al hablar, si no, causarían ambigüedades e, incluso, malentendidos.

Como todos los dialectos chinos se plasman en el mismo sistema ortográfico, los caracteres chinos no llevan gráficamente el tono o pronunciación propios del mandarín.

3.4. LA ESTRUCTURA INTERNA DE LAS PALABRAS — RELACIONES ENTRE SUS COMPONENTES

3.4.1. Palabras simples, palabras derivadas y palabras compuestas

De acuerdo con la estructura interna, las palabras chinas se clasifican en simples, derivadas y compuestas. Las palabras simples están constituidas de un solo morfema (unidad mínima del análisis morfológico, ya sea léxico o gramatical), que puede ser monosilábico o polisilábico, p. ej.,

想 *(xiǎng)* "pensar" / 門 *(mén)* "puerta" / 花 *(huā)* "flor" / 快 *(kuài)* "rápido" 多 *(duō)* "mucho"

蝴蝶 *(hú dié)* "mariposa" / 薔薇 *(qiáng wéi)* "rosal" / 土耳其 *(tǔ ěr qí)* "Turquía" / 婆羅門 *(pó luó mén)* "brahmán" / 白蘭地 *(bái lán dì)* "coñac (=brandy)" / 阿爾卑斯 *(ā ěr bēi sī)* "los Alpes"

Las palabras derivadas y compuestas contienen, a su vez, dos o más morfemas, por ej.:

初	三	鞋	子
chū	*sān*	*xié*	*zi*
prefijo ordinal	tres	zapato	sufijo nominal
"el tercer día del mes"		"zapato"	
推	翻	商	品
tuī	*fān*	*shāng*	*pǐn*
empujar	volcar	comercial	objeto
"derribar"		"mercancía"	

老	兵
lǎo	*bīng*
viejo	soldado
"veterano"	

剪	刀
jiǎn	*dāo*
cortar	cuchillo
"tijeras"	

三	輪	車
sān	*lún*	*chē*
tres	ruedas	vehículo
"triciclo"		

救	生	衣
jiù	*shēng*	*yī*
salvar	vida	ropa
"salvavidas"		

萬	有	引	力
wàn	*yǒu*	*yǐn*	*lì*
todos	tener	atraer	fuerza
"gravitación universal"			

游	牧	民	族
yóu	*mù*	*mín*	*zú*
errante	pastorear	pueblo	tribu
"tribu nómada"			

Existen diferentes tipos de relaciones entre los constituyentes del compuesto:

1) **Yuxtapuestas**: ambos elementos son sinónimos o paralelos o antónimos, p. ej.:

語	言
yǔ	*yán*
idioma	palabra
"lengua"	
戰	鬥
zhàn	*dòu*
guerrear	luchar
"combatir"	

真	實
zhēn	*shí*
genuino	real
"verdadero"	
幫	助
bāng	*zhù*
hacer favor	asistir
"ayudar"	

戲	劇
xì	*jù*
drama	ópera
"teatro"	

反	正
fǎn	*zhèng*
revés	derecho
"de todos modos"	

開	關
kāi	*guān*
abrir	cerrar
"interruptor"	

矛	盾
máo	*dùn*
lanza	escudo
"contradicción"	

是	非
shì	*fēi*
correcto	erróneo
"lo correcto y lo erróneo"	

動	靜
dòng	*jìng*
movimiento	quietud
"sonido o ruido"	

2) **Subordinadas**: el primer constituyente, modifica o determina al segundo, p. ej.:

鐵	路
tiě	*lù*
férreo	vía
"ferrocarril"	

晚	會
wǎn	*huì*
nocturna	reunión
"velada"	

午	飯
wǔ	*fàn*
mediodía	comida
"almuerzo"	

四	季
sì	*jì*
cuatro	estación
"las cuatro estaciones del año"	

春	風
chūn	*fēng*
primaveral	brisa
"brisa primaveral"	

偶	數
ǒu	*shù*
par	número
"número par"	

3) **Complementarias**: el segundo constituyente complementa al primero, p. ej.:

說	明
shuō	*míng*
decir	claro
"aclarar, explicar"	
提	高
tí	*gāo*
levantar	alto
"elevar"	

減	少
jiǎn	*shǎo*
restar	escaso
"reducir"	
人	手
rén	*shǒu*
persona	mano
"mano de obra"	

4) **Enunciativas**: el segundo constituyente implica la acción o cualidad del primero, p. ej.:

地	震
dì	*zhèn*
tierra	estremecer
"terremoto"	
眼	花
yǎn	*huā*
ojo	ofuscado
"tener la vista ofuscada"	
月	亮
yuè	*liàng*
luna	brillante
"la Luna"	

心	跳
xīn	*tiào*
corazón	latir
"palpitaciones"	
年	輕
nián	*qīng*
edad	poco, ligero
"joven"	
火	熱
huǒ	*rè*
fuego	caluroso
"incandescente"	

5) **Restringidas**: el segundo constituyente es el objeto de la acción o conducta indicada por el primer constituyente , p. ej.:

鼓	掌
gǔ	*zhǎng*
golpear	palmas
"aplaudir"	

辭	職
cí	*zhí*
renunciar	cargo
"dimitir"	

發	言
fā	*yán*
enviar	palabra
"tomar la palabra"	

動	工
dòng	*gōng*
entrar en acción	obra
"comenzar la obra"	

頒	獎
bān	*jiǎng*
otorgar	premio
"entregar premios"	

開	會
kāi	*huì*
celebrar	reunión
"celebrar reunión"	

Las estructuras internas de las palabras derivadas son:

a) Prefijo + raíz:

老	鼠
lǎo	*shǔ*
prefijo para algunos animales	ratón
"ratón"	

老	鷹
lǎo	*yīng*
prefijo para algunos animales	águila
"águila"	

阿	婆
ā	*pó*
prefijo de afectividad	mujer de edad avanzada
"abuelita"	

阿	姨
ā	*yí*
prefijo de afectividad	tía
"tía"	

b) Raíz + sufijo:

蓋	子
gài	zi
tapar	sufijo nominal
"tapadera"	

梳	子
shū	zi
cepillar	sufijo nominal
"cepillo"	

修	士
xiū	shì
practicar la religión	sufijo que significa persona culta
"religioso"	

博	士
bó	shì
erudito	sufijo que significa persona culta
"doctor (como título académico)"	

3.4.2. Clasificación de las palabras polisilábicas

Las palabras polisilábicas que vamos a tratar aquí son mayoritariamente bisilábicas, las trisílabas y cuatrisílabas son más bien casos esporádicos. Las palabras polisilábicas se pueden dividir en dos grandes grupos:

(1) **Palabras fónicamente combinadas**: las palabras cuyos elementos constituyentes no se unen por razón semántica, sino por la armonía fónica, pertenecen a este grupo. Se pueden subdividir en tres clases:

1.1) **Palabras inseparables**: son palabras bisilábicas (es decir, compuestas de dos caracteres) pero sus constituyentes por sí solos no tienen significado y es necesario que se unan el uno al otro para formar una unidad significativa. Dentro de ellas se pueden diferenciar además tres tipos:

1.1.1) **De las mismas iniciales consonánticas**: se refieren a aquellas palabras cuyos constituyentes comienzan con las mismas consonantes, p. ej.:

參	差
cēn	*cī*
"desigual, no uniforme"	
躊	躇
chóu	*chú*
"vacilar, titubear"	
叮	噹
dīng	*dāng*
"tintín"	
玲	瓏
líng	*lóng*
"fino y delicado"	

崎	嶇
qí	*qū*
"escabroso, abrupto"	
仿	佛
fǎng	*fú*
"parecer"	
躑	躅
zhí	*zhú*
"vagar, merodear"	
惆	悵
chóu	*chàng*
"melancólico"	

1.1.2) **De las mismas vocales finales:** se refieren a aquellas palabras cuyos constituyentes terminan por la misma vocal (o núcleo vocálico + coda) , p. ej.:

螳	螂
táng	*láng*
"mantis"	
婆	娑
pó[35]	*suō*
"danzar con gracia"	
徘	徊
pái	*huái*
"vagar, vacilar"	

倥	傯
kǒng	*zǒng*
"apremiante, urgente"	
盤	桓
pán	*huán*
"alojarse, permanecer"	
逍	遙
xiāo	*yáo*
"a placer, a sus anchas"	

35.Los fonemas bilabiales (*b, p, m*) y el labio-dental (*f*) al combinarse con la vocal o se pronuncian como *uo* insertando una *u* en medio, aunque esa *u* no figura ortográficamente.

蕭	條
xiāo	*tiáo*
"depresión"	
窈	窕
yǎo	*tiǎo*
"actuar con donaire"	

伶	仃
líng	*dīng*
"sólo, solitario"	
荒	唐
huāng	*táng*
"ridículo, extravagante"	

1.1.3) **El resto:** en este grupo se engloban todas aquellas palabras cuyos constituyentes no tienen en común ni las iniciales consonánticas ni los finales vocálicos; sin embargo, sí pertenecen a este grupo (la unión de los componentes de la palabra se da por razón de armonía fónica), puesto que por un lado, la palabra bisilábica se percibe y se entiende mejor que la monosilábica y, por otro lado, entre sus componentes no se aprecia ninguna relación léxica, p. ej.:

鸚	鵡
yīn	*wǔ*
"loro, papagayo"	
芙	蓉
fú	*róng*
"loto"	
茉	莉
mò	*lì*
"jazmín"	

薔	薇
qiáng	*wéi*
"rosal"	
蚯	蚓
qiū	*yǐn*
"lombriz"	
葡	萄
pú	*táo*
"uva"	

1.2) **Palabras reduplicadas:** son aquellas palabras cuyos constituyentes se repiten, cabe distinguir dos tipos de reduplicación:

1.2.1) **Palabras de reduplicación obligatoria:** se refieren a esas palabras cuyos constituyentes no pueden valerse por sí mismos sino que tienen que repetirse necesariamente para adquirir pleno sentido, p. ej.:

嘻	嘻	哈	哈	→	* 嘻	哈
xī	*xī*	*hā*	*hā*	→	**xī*	*hā*
ji	ji	ja	ja			
"alegre, chancero, jocoso"						

鬼	鬼	祟	祟	→	* 鬼	祟
guǐ	*guǐ*	*suì*	*suì*	→	**guî*	*suì*
espectro	espectro	fantasma	fantasma			
"furtivo, sigiloso, clandestino"						

亮	晶	晶	→	* 亮	晶
liàng	*jīng*	*jīng*	→	**liàng*	*jīng*
brillante	reluciente	reluciente			
"brillante, reluciente"					

毛	毛	雨	→	* 毛	雨
máo	*máo*	*yǔ*	→	**máo*	*yǔ*
pequeña	pequeña	lluvia			
llovizna"					

娃	娃	→	* 娃
wá	*wa*	→	**wá*
"muñeca o bebé"			

喃	喃	→	* 喃
nán	*nán*	→	**nán*
"murmurar"			

En chino, muchos términos de parentesco pertenecen a este tipo, al reduplicarlos el segundo elemento adquiere un tono neutro.

公	公
gōng	*gong*
"suegro (el padre de marido)"	
爸	爸
bà	*ba*
"papá"	

婆	婆
pó	*po*
"suegra (la madre de marido)"	
媽	媽
mā	*ma*
"mamá"	

1.2.2) **Reduplicación facultativa:** las palabras de este grupo disponen tanto de la forma primitiva como de la reduplicada. Ambas significan lo mismo, sólo que la reduplicada aporta más énfasis e intensidad, p. ej.,

漸	漸	=	漸
jiàn	*jiàn*	=	*jiàn*
gradualmente	gradualmente		gradualmente
"gradualmente, poco a poco"		=	"gradualmente, poco a poco"
輕	輕	=	輕
qīng	*qīng*	=	*qīng*
suavemente	suavemente		suavemente
"suavemente"		=	"suavemente"

1.3) **Palabras prefijadas o sufijadas**: actualmente muchas palabras que se usan como prefijos o sufijos están ya lexicalizadas, y su función principal es formar palabras bisilábicas o polisilábicas, ya que las palabras bisilábicas o polisilábicas "suenan" mejor o resultan más armoniosas que las monosilábicas, p. ej.:

老	大
lăo	*dà*
prefijo de orden	grande
"el/la hijo/a mayor"	
扇	子
shàn	*zi*
abanico	sufijo nominal
"abanico"	

第	五
dì	*wŭ*
prefijo ordinal	cinco
"el/la quinto/a"	
石	頭
shí	*tou*
piedra	sufijo nominal
"piedra"	

(2) **Palabras semánticamente combinadas**: frente al grupo anterior, éstas son palabras cuyos constituyentes se unen por razón semántica, aunque por casualidad se hallen algunas cuyos constituyentes coinciden en la inicial consonántica o en la misma vocal final. No por eso las clasificamos en el grupo anterior, pues el significado por el que se produce la unión de los morfemas es el criterio principal al que se atiene. Se pueden dividir en tres clases:

1) **Yuxtapuestas:** se refieren a aquellas palabras cuyos componentes se colocan en yuxtaposición y aportan conjuntamente el significado. Según el significado de cada uno de los constituyentes que forman la palabra, cabe distinguir tres subtipos:

1.1) **Sinónimos:**

身	體
shēn	*tĭ*
cuerpo	cuerpo
"cuerpo"	

銳	利
ruì	*lì*
afilado	afilado
"afilado"	

巨	大
jù	*dà*
gigantesco	grande
"grande, enorme, gigantesco"	

集	合
jí	*hé*
juntar	unir
"reunirse, juntarse"	

1.2) Antónimos:

大	小
dà	*xiǎo*
grande	pequeño
"tamaño"	
日	夜
rì	*yè*
día	noche
"día y noche, todo el tiempo"	

多	少
duō	*shǎo*
mucho	poco
"cuánto/a/os/as"	
冷	熱
lěng	*rè*
frío	calor
"temperatura"	

1.3) **El resto:** en este grupo se recogen todas aquellas palabras cuyos componentes no son ni sinónimos ni antónimos.

裁	縫
cái	*féng*
cortar	coser
"sastre"	
保	養
bǎo	*yǎng*
proteger	mantener
"cuidar"	

國	家
guó	*jiā*
país	hogar
"nación"	
美	好
měi	*hǎo*
bonito	bueno
"hermoso, bello"	

2) **Subordinadas:** se refieren a aquellas palabras entre cuyos constituyentes existe una relación de dependencia, es decir, hay un constituyente principal (el subrayado), que es el núcleo modificado, y un subordinado, el cual se concibe como modificador o calificador del núcleo. Éste último equivaldría en español a las proposiciones adjetivas o de relativo, que sirven para calificar al constituyente principal, p. ej.:

行	人
xíng	*rén*
andar	persona
"la persona que anda, peatón"	
病	人
bìng	*rén*
enferma	persona
"la persona que está enferma, enfermo"	
毛	衣
máo	*yī*
lana	ropa
"la prenda de vestir de punto que está hecha de lana, jersey"	
睡	衣
shuì	*yī*
dormir	ropa
"la ropa que se usa para dormir, pijama"	

3) **Oracionales:** se refieren a aquellas palabras cuyos constituyentes se combinan de forma parecida a la construcción oracional, p. ej.:

海	嘯
hǎi	xiào
mar	rugir
"maremoto"	

臉	紅
liǎn	hóng
cara	estar roja
"ponerse rojo/a"	

日	蝕
rì	shí
sol	eclipsarse
"eclipse solar"	

口	是	心	非
kǒu	shì	xīn	fēi
boca	sí	corazón	no
"decir que sí y pensar que no"			

3.5. CLASES DE PALABRAS: LAS CATEGORÍAS GRAMATICALES

Podemos clasificar las palabras chinas en seis grupos:

-Verbos

-Nombres

-Adverbios

-Conjunciones

-Partículas

-Interjecciones

Las últimas dos clases consisten en palabras gramaticales y el resto, léxicas. Sin embargo, no todas las palabras presentan una delimitación tan clara, ya que en chino abundan casos de superposición de clases, especialmente entre sustantivos y verbos, y entre verbos y adverbios.

(1) **Verbo:** el núcleo de un sintagma verbal es el verbo. Hay un cierto número de elementos gramaticales que tienden a aparecer junto con el verbo en chino, son: el aspecto (了 *le* "sufijo aspectual perfectivo", 著 *zhe* "sufijo aspectual durativo", 過 *guò*

"sufijo aspectual perfecto-experiencial", etc.), la negación y la modalidad. Todos los verbos son negables menos uno (沒 *méi* "no haber / no tener"), pues éste en sí mismo es negativo. El verbo que contiene sólo un morfema léxico (generalmente monosilábico) es un verbo simple, p. ej., 跑 *(pǎo)* "correr", 跳 *(tiào)* "saltar", 玩 *(wán)* "jugar", 找 *(zhǎo)* "buscar", 碰 *(pèng)* "chocar", etc.; si el verbo contiene dos o más morfemas léxicos, es un verbo compuesto. Los verbos compuestos son numerosos y su estructura interna podría representar gran variedad. Veamos unos ejemplos:

結	婚	解	開
jié	*hūn*	*jiě*	*kāi*
contraer	matrimonio	desatar	abrir
"casarse"		"desatar"	
起	立	記	住
qǐ	*lì*	*jì*	*zhù*
levantar	de pie	recordar	quedar (en la memoria)
"levantarse, ponerse de pie"		"recordar"	
插	隊	過	期
chā	*duì*	*guò*	*qí*
intercalar	cola	pasar	plazo
"colarse"		"caducar"	
出	差	復	活
chū	*chāi*	*fù*	*huó*
salir	misión	volver a	vivir
"ir en misión, viajar por trabajo"		"resucitar"	

Aparte de esto, los verbos pueden dividirse en dos grupos principalmente:

1) **Verbos de descripción:** tal como indica su denominación, estos verbos se distinguen por ser los portadores principales de la información del predicado verbal. Cabe diferenciar dos tipos más:

1.1) **Verbos de acción:** este tipo de verbos puede ser negado por el morfema negativo 別 *(bié)* "no" en oraciones imperativas, y combinarse con cualquier sufijo aspectual, p. ej.,

別	動
bié	*dòng*
no	moverse
"¡No te muevas!"	

別	說
bié	*shuō*
no	decir
"¡No hables!"	

他	讀	著	唐	吉	軻	德	傳
tā	*dú*	*zhē*	*táng*	*jí*	*kē*	*dé*	*zhuàn*
él	leer	suf. asp. durat.	Don Quijote novela				

o

讀	了
dú	*le*
leer	suf. asp. perfvo .

o

讀	過
dú	*guò*
leer	suf. asp. perf.-exp.

"Él está leyendo / leyó / ha leído (alguna vez)
la novela Don Quijote."

Si los verbos poseen un sujeto agente capaz de controlar la acción, tienden a aceptar la reduplicación, la cual añade el matiz de que la acción se realiza por un corto período de tiempo, p. ej.:

想	想
xiǎng	*xiǎng*
pensar	pensar
"pensar un poco"	

試	試
shì	*shì*
intentar	intentar
"intentar un poco"	

Cuando el verbo es bisilábico de construcción V + V o V + O (entre los componentes no se permite intercalar ningún elemento), se reduplica el compuesto entero, p. ej.:

V + V:

介	紹	→	介紹	介紹
jiè	*shào*	→	*jiè shào*	*jiè shào*
presentar	presentar			
"presentar"		→	"presentar un poco"	
考	慮	→	考慮	考慮
kǎo	*lǜ*	→	*kǎo lǜ*	*kǎo lǜ*
estudiar	meditar			
"reflexionar"		→	"reflexionar un poco"	

V + O:

消	毒	→	消毒	消毒
xiāo	*dú*	→	*xiāo dú*	*xiāo dú*
eliminar	virus			
"desinfectar"		→	"desinfectar un poco"	
保	重	→	保重	保重
bǎo	*zhòng*	→	*bǎo zhòng*	*bǎo zhòng*
mantener	peso			
"cuidar de su salud"		→	"cuidar un poco de su salud"	

1.2) **Verbos de cualidad**: este tipo de verbos denota cualidades o propiedades de un nombre, el cual funciona como sujeto poseedor de dicha cualidad o propiedad. De hecho, los adjetivos en chino no se diferencian formalmente de los verbos de cualidad pero el contexto sintáctico en que aparecen es diferente: los adjetivos forman parte del sintagma nominal y modifican al núcleo; mientras que los verbos de cualidad constituyen el predicado verbal de la oración. Éstos pueden ir modificados por adverbios de grado como 很 (hěn) "muy" y 最 (zuì) "el/la/lo más", y ser negados por 不 (bù) "no" o 別 (bié) "no (en oraciones imperativas)". Y generalmente no se combinan con el sufijo aspectual durativo 著 (zhe), p. ej.,

Adj.:	
胖	妞
pàng	*niū*
gorda	niña
"niña gorda"	
難	題
nán	*tí*
difícil	problema
"problema difícil"	

V de cualidad:		
她	很	胖
tā	*hěn*	*pàng*
ella	muy	ser gorda
"Ella es muy gorda."		

這	題	不	難
zhè	*tí*	*bù*	*nán*
este	problema	no	ser difícil
"Este problema no es difícil."			

2) **Verbos de relación:** los verbos de este grupo son de número limitado, y su función es principalmente gramatical. Hay cuatro clases:

2.1) **Verbos existenciales:** son dos 有 (yǒu) "tener, haber, existir" y su homólogo opuesto 沒 (méi) "no o no tener /no haber /no existir". El verbo 有 (yǒu) sólo puede ser negado por 沒 (méi), p. ej.,

他	有	車
tā	yǒu	chē
él	tener	coche
"Él tiene coche"		

他	沒	有	車
tā	méi	yǒu	chē
él	no	tener	coche
"Él no tiene coche"			

有	樹
yǒu	shù
haber	árbol
"Hay árboles"	

沒	有	樹
méi	yǒu	shù
no	haber	árbol
"No hay árboles"		

有	鬼
yǒu	guǐ
existir	fantasma
"Existen los fantasmas"	

沒	有	鬼
méi	yǒu	guǐ
no	existir	fantasma
"No existen los fantasmas"		

El verbo 沒 (méi) "no tener/no haber/no existir", al ser ya él mismo negativo, no es negable, p. ej.,

沒	人
méi	rén
no haber	persona
"No hay nadie"	

我	沒	錢
wǒ	méi	qián
yo	no tener	dinero
"Yo no tengo dinero"		

2.2) **Verbos atributivos y cuasiatributivos:** este tipo de verbos rechaza todos los marcadores aspectuales. No pueden ser modificados por 很 (hěn) "muy" o ser negados por 沒 (méi) "no", ni formar imperativos negativos con 別 (bié) "no", tampoco admiten las llamadas "construcciones preverbales".[36] Estos verbos son 是

36. Las construcciones preverbales se forman con el morfema 把 (bǎ), que era originalmente un verbo con el significado "coger", pero a medida que pasa el tiempo, ha perdido sus propiedades verbales y ha evolucionado hacia las preposiciones; en la actualidad es

(shì) "ser", 姓 (xìng) "apellidarse", 等於 (děng yú) "equivaler a", etc., p. ej.,

你	是	郵	差
nǐ	shì	yóu	chāi
tú	ser	correos	mensajero
"Tú eres cartero"			

*你	別	是	郵	差
*nǐ	bié	shì	yóu	chāi
tú	no	ser	correos	mensajero
*"No seas cartero"				

你	姓	張
nǐ	xìng	zhāng
tú	apellidarse	un apellido chino
"Tú te apellidas Zhang."		

*你	沒	姓	張
*nǐ	méi	xìng	zhāng
tú	no	apellidarse	un apellido chino
*"No te has apellidado Zhang."			

2.3) **Coverbos:**[37] tienen un número limitado y aparecen como el primer miembro de construcciones en serie. En las primeras etapas de la lengua china, los coverbos eran auténticos verbos, pero con el tiempo han ido adquiriendo propiedades preposicionales, aunque muchos de ellos todavía pueden usarse como verbos normales.

simplemente un morfema que sirve para introducir el complemento directo en la frase y anteponerlo al verbo transitivo, con el fin de recalcar el complemento directo definido. El esquema de la construcción pretransitiva es el siguiente:
Sujeto + (neg.) + 把 (bâ) + C.D. + V., p. ej.,

他	(沒)	把	湯	喝	光
ta	(méi)	bâ	tang	he	guang
él	no	marcador del compl. directo	sopa	tomar	vacío
"Él (no) se tomó toda la sopa."					
我	(沒)	把	錢	給	他
wô	(méi)	bâ	qián	gêi	ta
yo	no	marcador del compl. directo	dinero	dar	él
"Yo (no) le di el dinero."					

37. Consúltese Consuelo Marco Martínez y Wan-Tang Lee (1998), *Gramática de la lengua china*, pp. 367-382.

La traducción de estos coverbos corresponde más o menos a las preposiciones en español. Un coverbo seguido de un sintagma verbal forma un "sintagma coverbal" que modifica al verbo de la oración, por ej., 用 (yòng) "usar" en

用	筆	寫	字
yòng	bǐ	xiě	zì
usar	pluma	escribir	carácter chino
(Coverbo)	(Objeto)	(V. central)	(C.D.)
"escribir con pluma"			

用	力	推	門
yòng	lì	tuī	mén
usar	fuerza	empujar	puerta
(Coverbo)	(Objeto)	(V. central)	(C.D.)
"empujar la puerta con fuerza"			

替 (tì) "sustituir a, en lugar de", en

我	替	你	去
wǒ	tì	nǐ	qù
yo	sustituir a	tú	ir
	(Coverbo)	(Objeto)	(V. central)
"Yo iré en tu lugar."			

你	替	弟弟	說
nǐ	tì	dì dì	shuō
tú	sustituir a	hermano menor	hablar
	(Coverbo)	(Objeto)	(V. central)
"Habla tú en lugar de tu hermano menor."			

2.4) **Auxiliares:** forman una clase cerrada también, aparecen siempre delante de otros verbos para indicar valores temporales, modales o aspectuales (會 *huì* "saber + V", 將 *jiāng* "ir a + V", 要 *yào* "querer + V", 應該 *yīng gāi* "deber + V", ect.). Los verbos de este tipo no llevan sufijos aspectuales, p. ej.,

他	會	唱	歌
tā	*huì*	*chàng*	*ge*
él	saber	cantar	canción
"Él sabe cantar."			

他	將	回	國
tā	*jiāng*	*huí*	*gē*
él	ir a	volver a	país
"Va a volver al país."			

他	要	學	電	腦
tā	*yào*	*xué*	*diàn*	*nǎo*
él	querer	aprender	eléctrico	cerebro
				ordenador
"Quiere aprender a manejar el ordenador."				

他	應	該	戒	菸
tā	*tīng*	*gāi*	*jiè*	*yān*
él	deber		abstenerse	tabaco
"Debería abstenerse de fumar."				

Algunos verbos participan al mismo tiempo de ambos grupos: los verbos de descripción y los verbos de relación.

(2) **El sintagma nominal:** un sintagma nominal posee como

núcleo un nombre y otros elementos opcionales que sirven para modificar al núcleo. El nombre puede aparecer tanto en posición pre-verbal (tópico o sujeto) como en posición post-verbal (CD, CI, atributo o término de un sintagma preposicional). Hay tres clases de sustantivos:

a) **Sustantivos simples:** son los que consisten en un solo morfema léxico (puede ser monosilábico o polisilábico), p. ej., 風 *(fēng)* "viento", 沙拉 *(shā lā)* "ensalada (= salad)", 瓜地馬拉 *(guā dì mǎ lā)* "Guatemala", etc.

b) **Sustantivos derivados:** son los que llevan prefijos o sufijos, p. ej.,

鳥	兒
niǎo	*ér*
pájaro	suf. de apoyo fónico
"pájaro"	

阿	婆
ā	*pó*
pref. afectividad	mujer de edad avanzada
"abuelita"	

c) **Sustantivos compuestos:** son los que están compuestos de dos o más morfemas léxicos, p. ej.,

泉	源
quán	*yuán*
manantial	origen
"fuente"	
火	災
huǒ	*zāi*
fuego	catástrofe
"incendio"	

時	針
shí	*zhēn*
hora	aguja
"manecilla pequeña del reloj"	
海	盜
hǎi	*dào*
mar	ladrón
"pirata, corsario"	

父	母
fù	*mǔ*
padre	madre
"los padres"	

夫	妻
fū	*qī*
marido	esposa
"matrimonio"	

肝	炎
gān	*yán*
hígado	inflamación
"hepatitis"	

足	球	迷
zú	*qiú*	*mí*
pie	pelota	fanático
"fanático del fútbol"		

En cuanto a los pronombres, no admiten ningún tipo de modificadores (demostrativos, adjetivos, etc.). En chino mandarín, existen los siguientes tipos de pronombres:

a) Pronombres personales: de animales y de entidades inanimadas, p. ej.,

我	您	它	牠
wǒ	*nín*	*tā*	*tā*
"yo"	"usted"	"él/ella/lo/la " (para entidades inanimadas)	"él/ella/lo/la" (para los animales)

b) **Pronombres posesivos:** en chino los pronombres posesivos carecen de formas propias y se forman con la partícula 的 *(de)* detrás de los pronombres personales, p. ej.,

我	的
wǒ	*de*
"mi/s, mío/a/s"	

您	的
nín	*de*
"de usted, su/s, suyo/a/s"	

c) **Pronombres reflexivos:** el pronombre reflexivo más común es 自己 *(zì jǐ)* "uno mismo", y suele ir precedido por un pronombre personal correferencial con el sujeto, p. ej.,

你	自	己	說！
nǐ	*zì*	*jǐ*	*shuo!*
tú	mismo		decir
"¡Dilo tú mismo!"			

d) **Pronombres interrogativos:** se usan para preguntar "cómo", "dónde", "cuándo", etc., p. ej.,

誰
shéi
"¿quién?"

多	少
duō	*shǎo*
"¿cuánto?"	

e) **Pronombres indefinidos:** se forman a partir de los pronombres interrogativos, p. ej.,

誰	多	少
shéi	*duō*	*shǎo*
"cualquier persona (en oración afirmativa), nadie (en negativa)"	"cuanto, todo lo que"	

f) **Pronombres demostrativos:** son exactamente iguales que los determinantes demostrativos, p. ej.,

這
zhè
"éste/ésta/esto"

那
nà
"ése/eso, aquél/aquello"

El nombre puede ir acompañado de otros elementos

modificadores tales como: 1) determinantes, 2) clasificadores y 3) adjetivos.

1) **Determinantes :**

1.1) **Determinantes demostrativos:** se usa 這 *(zhè)* "este/a" para lo cercano en el espacio o en el tiempo, y 那 *(nà)* "ese/a, aquel/la" para lo lejano, aunque la frontera puede resultar subjetiva.

1.2) **Determinantes numerales:** son numerales que se usan para especificar la cantidad.

1.3) **Determinantes indefinidos:** son unos cuantificadores que no precisan la cantidad, p. ej., 每 *(měi)* "cada", 幾 *(jǐ)* "varios/as", 某 *(mǒu)* "alguno/a", etc.

El nombre suele adquirir un valor genérico cuando no está modificado por ningún determinante, y ser neutral cuando lleva un numeral delante, p. ej.,

人		那	人	三	人
rén		*nà*	*rén*	*sān*	*rén*
hombre		esa/aquella	persona	tres	personas
"hombre, persona"		"esa/aquella persona"		"tres personas"	

2) **Clasificadores:** una de las características más distintiva del chino es el empleo de "clasificadores"; un sintagma nominal no puede estar constituido sólo por un determinante y un nombre, como este libro en español, sino que es necesario insertar un "clasificador", en este caso, 本 *(běn)* "para objetos formados por un conjunto de hojas, volumen" entre el determinante y el nombre, este volumen de libro. Los clasificadores generalmente hacen referencia a la forma de los objetos, p. ej., 條 *(tiáo)* "para objetos largos y estrechos", en

這	條	線
zhè	*tiáo*	*xiàn*
este	clasificador	hilo
"este hilo"		

一	條	河
yì	*tiáo*	*hé*
un	clasificador	río
"un río"		

張 *(zhāng)* "para objetos con superficie plana y extendida", p. ej.,

這	張	床
zhè	*zhāng*	*chuáng*
este	clasificador	cama
"esta cama"		

一	張	紙
yì	*zhāng*	*zhǐ*
un	clasificador	papel
"un papel"		

El compuesto del determinante (demostrativo, numeral o indefinido) + clasificador puede desempeñar el oficio del pronombre refiriéndose al nombre anteriormente mencionado, con el fin de evitar la repetición redundante del sintagma entero.

3) **Adjetivos:** en chino entre el adjetivo y el nombre no existe ningún tipo de concordancia (género y número), y aparece siempre delante del nombre al que modifica, p. ej.:

好	人
hǎo	*rén*
bueno	persona
"buena persona"	

熱	湯
rè	*tāng*
caliente	sopa
"sopa caliente"	

Pero cuando el adjetivo es bisilábico o polisilábico o modificado por adverbios de grado, se requiere la aparición de la partícula 的 *(de)*, que sirve para atribuir la cualidad del adjetivo al nombre al que modifica, p. ej.,

最	好	的	人
zuì	*hǎo*	*de*	*rén*
el más	bueno	partícula	persona
"la mejor persona"			
很	熱	的	湯
hěn	*rè*	*de*	*tāng*
muy	caliente	partícula	sopa
"la sopa muy caliente"			
美	麗	的	夜
měi	*lì*	*de*	*yè*
bonito		partícula	noche
"la noche hermosa"			

很	吵	鬧	的	街
hěn	*chǎo*	*nào*	*de*	*jiē*
muy	ruidoso		partícula	calle
"la calle muy ruidosa"				

Algunos adjetivos también admiten la reduplicación, que añade una mayor viveza e intensidad a la cualidad descrita. Conviene recordar que un adjetivo monosilábico al reduplicarse se convierte lógicamente en una palabra bisilábica y requerirá, por consiguiente, la aparición de la partícula 的 *(de)*, p. ej.,

新	書
xīn	shū
nuevo	libro
"libro nuevo"	

新	新	的	書
xīn	xīn	de	shū
nuevo	nuevo	partícula	libro
"libro muy nuevo"			

大	嘴
dà	zuǐ
grande	boca
"boca grande"	

大	大	的	嘴
dà	dà	de	zuǐ
grande	grande	partícula	boca
"boca muy grande"			

En cuanto a los adjetivos bisilábicos, se repite individualmente cada uno de sus constituyentes, p. ej.,

安	靜	→	安	安	靜	靜
ān	jìng	→	ān	ān	jìng	jìng
"silencioso"			"muy silencioso"			

輕	鬆	→	輕	輕	鬆	鬆
qīng	sōng	→	qīng	qīng	sōng	sōng
"relajado"			"muy relajado"			

Sin embargo, algunos adjetivos sólo disponen de formas reduplicadas pero carecen de formas "originales", p. ej.,

花	花	綠	綠	→	*花	綠
huā	huā	lǜ	lǜ	→	*huā	lǜ
multicolor		verde				
"ofuscador, deslumbrante"						

瘋	瘋	癲	癲	→	*瘋	癲
fēng	fēng	diān	diān	→	*fēng	diān
loco	loco	demente	demente			
"loco, demente"						

(4) **Adverbios:** aparecen antes del verbo o verbo auxiliar. El adverbio es el típico modificador de verbos o expresiones verbales, p. ej.,

很	輕
hěn	qīng
muy	ligero
"muy ligero"	

他	大	概	能	來
tā	dà	gài	néng	lái
él	probablemente		poder	venir
"Probablemente pueda venir"				

Como algunos adjetivos también pueden funcionar como adverbios, en este caso, se produce una superposición de clases, p. ej.,

高	山
gāo	shān
alto	monte
"monte alto"	

高	唱	國	歌
gāo	chàng	guó	gē
alto	cantar	nacional	himno
"cantar en voz alta el himno nacional"			

慢	車
màn	chē
lento	tren
"tren ómnibus"	

慢	跑
màn	pǎo
lentamente	correr
"hacer footing"	

真	心
zhēn	*xīn*
verdadero	corazón
"sincero, de todo corazón"	

真	窮！
zhēn	*qióng!*
verdaderamente	probre
"¡Qué pobre!"	

Al igual que en español, muchos adverbios pueden derivar de adjetivos; se forman añadiéndoles por detrás la partícula 地 *(de)* a los adjetivos, p. ej.,

A.:	熱	情	Adv.:	熱	情	地
	rè	*qíng*		*rè*	*qíng*	*de*
	"cordial"			"cordialmente"		
A.:	自	由	Adv.:	自	由	地
	zì	*yóu*		*zì*	*yóu*	*de*
	"libre"			"libremente"		

También pueden tomar los adjetivos previamente reduplicados como base de la derivación, p. ej.,

A.:	靜	悄	悄	Adv.:	靜	悄	悄	地
	jìng	*qiāo*	*qiāo*		*jìng*	*qiāo*	*qiāo*	*de*
	"silencioso"				"silenciosamente"			
A.:	深	深		Adv.:	深	深	地	
	shēn	*shēn*			*shēn*	*shēn*	*de*	
	"profundo"				"profundamente"			

(5) **Interjecciones:** son palabras libres, que se utilizan para comunicar sentimientos, sensaciones y emociones, tienen escaso o nulo valor gramatical y se caracterizan por una entonación fuerte, p. ej.,

喂！
wèi
"¡Hola! u ¡Oye!"

哎！
ài
"¡Ay!"

(6) **Partículas modales:** son morfemas ligados y átonos con función gramatical. Se utilizan para expresar diversas modalidades oracionales, o incluso propiedades del evento indicadas en la oración tales como: suposición, duda, énfasis, probabilidad, suavización de órdenes, etc. El chino coloquial es especialmente rico en partículas modales, mientras que en español, para expresar esos mismos conceptos o esas mismas emociones, se suele acudir a otros medios, tales como entonaciones distintas, interjecciones, muletillas, expresiones hechas..., o a través de los términos léxicos correspondientes, p. ej., Me temo que... o ..., no crees?[38] Las partículas pueden aparecer detrás del sujeto o tópico[39], o detrás de cada nombre en una enumeración, o, sobre todo, al final de la frase, p. ej., la partícula modal 啊 *(a)* tiene distintos valores:

a) Para hacer pausa en una frase

b) Para enumerar

c) Para formar oraciones exclamativas

---

38. Consuelo Marco Martínez y Wan-Tang Lee (1998), *Gramática de la lengua china*, pp. 427-447.

39. El tópico o el tema es "de lo que se trata" o "a lo que se refiere" la oración. Al igual que el sujeto, el tópico se sitúa también antes del verbo, a veces, el sujeto y el tópico pueden coincidir, pero hay unas diferencias fundamentales entre ambos que nos permiten no confundir el uno con el otro:
a) El sujeto posee alguna relación de selección semántica con el verbo pero el tópico no la necesita obligatoriamente.
b) El sujeto puede aparecer antes o después del verbo pero el tópico se coloca siempre en posición inicial de la oración, incluso antes del sujeto.
c) El tópico puede separarse opcionalmente del resto de la oración por una pausa o por partículas modales, también llamadas "marcadores de tema o tópico".
Véase Consuelo Marco Martínez (1998), op. cit., pp. 75-90.

d) Para expresar sorpresa en oraciones interrogativas

a)	他	啊,	一	定	不	是	好	人.
	tā	*a,*	*yí*	*dìng*	*bú*	*shì*	*hǎo*	*rén.*
	él	part.	seguro		no	ser	buena	persona
	(Sujeto y tópico)							
	"En cuanto a él, seguro que no es buena persona."							

b)	雞	啊,	魚	啊,	肉	啊,	我	都	愛	吃.
	jī	*a,*	*yú*	*a,*	*ròu*	*a,*	*wǒ*	*dōu*	*ài*	*chī.*
	pollo	part.	pescado	part.	carne	part.	yo	todos	gustar	comer
	"El pollo, pescado y carne, me gustan todos."									

c)	真	熱	啊!
	zhēn	*rè*	*a!*
	realmente	caluroso	part.
	"¡Qué calor!"		

d)	你	還	相	信	他	啊?
	nǐ	*hái*	*xiāng*	*xìn*	*tā*	*a?*
	tú	aún	creer		él	part.
	"¿Aún le crees?"					

La partícula 吧 *(ba)* se coloca siempre al final de la oración y posee varios valores:

a) En oraciones interrogativas para expresar suposición o especulación;

b) En oraciones enunciativas para pedir al oyente su acuerdo o aprobación respecto a lo que previamente se ha mencionado;

c)　En oraciones imperativas para suavizar una orden.

a)	他	會	來	吧？
	tā	*huì*	*lái*	*ba?*
	el	ir + a	venir	part.
	"¿Va a venir, no?"			
b)	這	有	趣	吧！
	zhè	*yǒu*	*qù*	*ba!*
	esto	tener	interés	part.
	"¿Esto es muy divertido, a que sí?"			

c)	說	吧！
	shuō	*ba!*
	hablar	part.
	"¡Habla ya!"	

(7) **Conjunciones:** son palabras dependientes con función gramatical. Sirven principalmente para enlazar sintagmas u oraciones, p. ej., 和 *(hé)* "y", 要是 *(yào shì)* "en caso de que", 如果 *(rú guǒ)* "si", 因為 *(yīn wèi)* "porque", 雖然 *(suī rán)* "aunque", etc.

4. PROCEDIMIENTOS DE FORMACIÓN DE PALABRAS EN CHINO Y EN ESPAÑOL

4.1. ADICIÓN

Tal como el término indica, mediante este procedimiento la base se incrementa con algún elemento externo a ella. Así, dentro de la adición, cabe distinguir por el modo de adjunción cinco subtipos:[40] (1) la prefijación, (2) la sufijación, (3) la interfijación, (4) la composición y (5) la parasíntesis. Ahora, pasamos a la exposición de la naturaleza de cada uno de los procesos.

4.1.1. LA PREFIJACIÓN

En **chino**, los prefijos forman un grupo muy reducido. Convencionalmente se consideran sólo cuatro morfemas como prefijos, y las palabras así derivadas son todas nominales:

(1) 阿 *(ā):*"prefijo de afectividad; se añade a los términos de parentesco o antes de la última sílaba del nombre de la persona", p. ej.,

阿	姨
ā	*yí*
pref.	tía
\"tía\"	

阿	婆
ā	*pó*
pref.	mujer de edad avanzada
\"abuelita\"	

40.En el presente trabajo no nos ocuparemos de elaborar un catálogo detallado de los afijos del español, puesto que tal cometido lo cumplen perfectamente los numerosos estudios especializados para este fin, sin embargo, enfocaremos el centro de interés principalmente a las propiedades y comportamientos de estos afijos.

(2) 老 (*lǎo*): a) para designar personas, b) animales, o c) cosas, también d) para indicar el orden de los hijos de una familia si está seguido de números, p. ej.,

a) Para designar personas, p. ej.,

老	公
lǎo	*gōng*
pref.	marido
"marido"	

老	闆
lǎo	*bǎn*
pref.	patrón
"propietario"	

老	鄉
lǎo	*xiāng*
pref.	pueblo
"paisano"	

老	百	姓
lǎo	*bǎi*	*xìng*
pref.	cien	apellidos
"pueblo, gente común y corriente"		

En el lenguaje familiar es muy común usar este prefijo seguido del apellido o de ciertos términos de parentesco para mostrar afectividad, p. ej.,

老	王
lǎo	*wáng*
pref.	un apellido chino
"¡Wang!"	

老	弟
lǎo	*dì*
pref.	hermano menor
"¡Joven!"	

b) Para designar animales, p. ej.,

老	鼠
lǎo	*shǔ*
pref.	ratón
"ratón"	

老	虎
lǎo	*hǔ*
pref.	tigre
"tigre"	

老	鷹
lǎo	*yīng*
pref.	águila
"águila"	

c) Para designar cosas, p. ej.,

老	本
lǎo	*běn*
pref.	capital
"inversión original, capital"	

老	酒
lǎo	*jiǔ*
pref.	licor
"licor de arroz"	

d) Para indicar los hijos de una familia según el orden de nacimiento, p. ej.,

老	大
lǎo	*dà*
pref.	grande
"el/la mayor"	

老	三
lǎo	*sān*
pref.	tres
"el/la tercero/a"	

(3) 第 *(dì)*: se añade a los numerales cardinales para formar numerales ordinales, p. ej.,

第	一
dì	*yī*
pref.	uno
"el/la primero/a"	

第	十	五
dì	*shí*	*wǔ*
pref.	diez	cinco
"el/la décimoquinto/a"		

(4) 初 *(chu):* se añade a los numerales (sólo del uno al diez) para indicar los diez primeros días de un mes lunar, p. ej.,

初	二
chū	*èr*
pref.	dos
"el segundo día"	

初	九
chū	*jiǔ*
pref.	nueve
"el noveno día"	

Al sobrepasar los diez, se dice sólo el número.

Tanto en español como en chino se puede distinguir entre prefijos independientes y prefijos no independientes. Éstos son los que no tienen autonomía y no pueden aparecer como vocablos independientes; tal ocurre, en español, con *dis-*, *re-*, *bi-*, *poli-*, etc., y en chino con 阿 *(ā)* para expresar afectividad, 第 *(dì)* para convertir los números cardinales en ordinales y 初 *(chū)* para indicar los primeros días de un mes lunar. Por el contrario, otras formas pueden usarse tanto aglutinadas (cuando son prefijos) como aisladas (cuando son preposiciones o adverbios), p. ej., *con-* en *con-centrar* y *estar con*, *contra* en *contra-decir* y *contra el viento*, *sin-* en *sin-sabor* y *sin querer*, etc. En chino, el prefijo 老 *(lăo)* para designar personas, animales o cosas deriva del adjetivo homógrafo y homófono 老 *(lăo)* "viejo, antiguo", pero al utilizarse como prefijo es un morfema dependiente, mientras que en otros casos tiene autonomía y funciona como adjetivo, p. ej.,

很	老	老	家
hěn	*lăo*	*lăo*	*jiā*
muy	viejo/a/s (adj.)	viejo (prefijo)	hogar
"muy viejo/a/s"		"pueblo natal"	

Hay una serie de morfemas que, por su autonomía semántica y sintáctica, resulta difícil determinar si se trata del primer elemento del compuesto o de elementos prefijales. Esto es así porque en no pocas ocasiones hay un trasiego de forma léxica a forma prefijal, y viceversa. En español este tipo de prefijos se conoce como prefijoides[41], entre otras muchas denominaciones propuestas.

---

41. Este término ha sido propuesto por B. Migliorini (en su artículo de 1935, reeditado en *Saggi sulla lingua del Novencento*, Sansoni, Florencia, 1963, pp. 9-60), y lo usa para indicar un elemento que no pertenece al paradigma de los prefijos de la lengua pero que puede ser usado como prefijo en la formación de palabras, p. ej., *aero* en

En chino los morfemas que se pueden identificar como prefijoides son los siguientes:

可 *(kě):* "digno de, merecedor de", en

可	靠
kě	*kào*
digno de	confiar
"confiable"	

可	行
kě	*xíng*
digno de	hacer
"factible"	

可	恶
kě	*wù*
merecedor de	detestar
"detestable"	

可	笑
kě	*xiào*
merecedor de	reírse
"ridículo"	

好 *(hâo):* "bueno", en

好	看
hǎo	*kàn*
bueno	al ver
"bonito"	

好	吃
hǎo	*chī*
bueno	al comer
"sabroso, delicioso"	

好	玩
hǎo	*wán*
bueno	al jugar
"divertido"	

好	用
hǎo	*yòng*
bueno	al usar
"fácil de manejar"	

aeronáutica, aero-fotografía, tele- en *tele-visión, tele-control,* etc. Para una exposición más detenida acerca de este fenómeno particular consúltese J. Alberto Miranda (1994), *La formación de palabras en español,* pp. 53-62.

難 *(nán):* "malo, difícil", en

難	聽
nán	*tīng*
malo	al oír
"desagradable al oído"	

難	受
nán	*shòu*
malo	al aguantar
"insoportable"	

難	看
nán	*kàn*
malo	al ver
"feo"	

難	吃
nán	*chī*
malo	al comer
"(algo) sabe mal"	

自 *(zì):* "auto-, sí mismo", en

自	傳
zì	*zhuàn*
auto-	biografía
"autobiografía"	
自	信
zì	*xìn*
uno mismo	confiar
"tener confianza en uno mismo"	

自	制
zì	*zhì*
auto-	control
"autocontrol"	
自	動
zì	*dòng*
auto-	mover
"automático"	

Por último, queda señalar que en español diferentes formas prefijales pueden sumarse a una misma base, p. ej.,

des-en-volver

anti-sub-marino

im-pre-meditación

etc.

4.1.2. LA SUFIJACIÓN

En chino, los sufijos son más variados y más comunes que los prefijos o infijos, aunque no por eso dejan de ser un grupo de muy pocos miembros. Entre los sufijos se hallan 1. los aspectuales (了 *le* "perfectivo", 著 *zhe* "durativo", 過 *guò* "perfecto-experiencial"), que son los más frecuentes; 2. el genitivo 的 *de* "de", 3. el plural 們 *men* "-s/-es", y 4. los direccionales (來 *lái* "acción dirigida hacia el hablante", 去 *qù* "acción dirigida en contra del hablante", etc.), 5. los locativos (裏 *lǐ* "interior", 上 *shàng* "encima de, arriba", etc.), 6. los temporales (上 *shàng* "indica un período del tiempo", etc.), y 7. los demás (los formativos). Todos estos sufijos mencionados excepto el último grupo son, gramaticales y de índole más bien sintáctica que morfológica. Por lo tanto sobrepasan el ámbito del presente trabajo, y como no es nuestro propósito tratarlos aquí, a continuación, nos ocuparemos exclusivamente de los sufijos formativos.

Los sufijos formativos sirven fundamentalmente para formar nombres y, ya con diferencia de gran escala en productividad, verbos (de acción y de cualidad). Los sufijos 子 *(zi)*, 頭 *(tou)* y algunos otros poseen una función gramatical adicional que está relacionada con el concepto de las clases de palabras. Pondremos un equivalente sufijal en español a estos sufijos chinos siempre que tengan un significado identificable, aparte de su significado gramatical. Si no lo tienen, los denominamos simplemente "sufijos formativos" (word-formative affix). Generalmente los sufijos más comunes sólo tienen significado gramatical, la carencia de significados léxicos es una señal del alto grado de su gramaticalización que algunos sufijos han alcanzado, y esto es una de las distinciones más destacadas entre morfemas léxicos y afijos formativos.

兒 *(ér)*: etimológicamente era un sufijo diminutivo para nombres, pero con el tiempo se ha extendido a otras partes de la oración, como nombres locativos, nombres temporales, verbos y clasificadores. En la actualidad, se trata de un fenómeno puramente fonológico. Es el único sufijo no silábico, pues se amalgama con la sílaba precedente, p. ej.,

N→ N:

狗	兒		狗兒
gǒu	*ér*	=	*gǒur*
perro	suf.		
"perro"			

事	兒		事兒
shì	*ér*	=	*shìr*
asunto	suf.		
"asunto"			

N (locativo)→ Adv:

這	兒		這兒
zhè	*ér*	=	*zhèr*
aquí	suf.		
"aquí"			

那	兒		那兒
nà	*ér*	=	*nàr*
allí	suf.		
"allí"			

N (temporal)→ Adv:

今	兒		今兒
jīn	*ér*	=	*jīnr*
hoy	suf.		
"hoy"			

昨	兒		昨兒
zuó	*ér*	=	*zuór*
ayer	suf.		
"ayer"			

V→ V:

玩	兒		玩兒
wán	*ér*	=	*wánr*
jugar	suf.		
"jugar"			

火	兒		火兒
huǒ	*ér*	=	*huór*
estar enfadado	suf.		
"estar enfadado"			

V → N:

彎	兒		彎兒
wān	*ér*	=	*wānr*
estar curvo	suf.		
"curva"			

空	兒		空兒
kòng	*ér*	=	*kòngr*
estar desocupado	suf.		
"tiempo libre"			

Clasificador→ N:

對	兒		對兒
duì	*ér*	=	*duìr*
par, pareja	suf.		
"un par/ una pareja"			

塊	兒		塊兒
kuài	*ér*	=	*kuàr*
pedazo	suf.		
"un pedazo"			

Este sufijo se combina más fácilmente con nombres monosilábicos que con nombres polisilábicos.

子 (zi): es un sufijo nominal y se aplica a una gran cantidad de nombres. Los nombres monosilábicos, sobre todo, tienen que llevar este sufijo obligatoriamente como su segunda sílaba, p. ej.,

N→ N:

箱	子
xiāng	*zi*
caja	suf.
"caja"	

鍋	子
guō	*zi*
olla	suf.
"olla"	

Clasificador→ N:[42]

---

42. Es el clasificador más común de todos, pues se está convirtiendo en un clasificador general y en muchas ocasiones reemplaza a los clasificadores más específicos.

本	子
běn	*zi*
clas. para libros	suf.
"cuaderno"	

個	子
gè	*zi*
clas. general[41]	suf.
"estatura"	

V→ N:

刷	子
shuā	*zi*
cepillar	suf.
"cepillo"	

騙	子
piàn	*zi*
engañar	suf.
"estafador"	

A→ N:

瘋	子
fēng	*zi*
loco/a	suf.
"loco/a"	

樂	子
lè	*zi*
entretenido	suf.
"entretenimiento"	

頭 *(tou)*: es un sufijo nominal y se añade a un número determinado de nombres monosilábicos, p. ej.,

N→ N:

Ｙ	頭
yā	*tou*
horquilla	suf.
"moza, sirvienta"	

木	頭
mù	*tou*
madera	suf.
"madera"	

A→ N:

甜	頭
tián	*tou*
dulce	suf.
"beneficio (como atractivo o cebo para seducir)"	

苦	頭
kǔ	*tou*
amargo	suf.
"sufrimiento"	

V→ N:

念	頭
niàn	*tou*
pensar	suf.
"idea, pensamiento"	

噱	頭
xuē	*tou*
divertir	suf.
"palabras o actos que hacen reír"	

Este sufijo también sirve para indicar posición si está acompañado de partículas locativas como:

上	頭
shàng ＼	*tou*
encima de	suf.
"arriba"	

外	頭
wài	*tou*
fuera	suf.
"fuera"	

前	頭
qián	*tou*
delante de	suf.
"delante de"	

裏	頭
lǐ	*tou*
dentro de	suf.
"dentro de"	

巴 *(ba)*: significa literalmente "pegado" y se añade a nombres que tengan explícita o implícitamente esa connotación, p. ej.,

尾	巴
wěi	*ba*
rabo	suf.
"rabo"	

嘴	巴
zuǐ	*ba*
boca	suf.
"boca"	

Frente a la prefijación, en chino la sufijación sí puede actuar varias veces, por acumulación, sobre una misma base, p. ej.,

石	頭	兒		石頭兒
shí	tou	ér	=	shí tour
piedra	suf.	suf.		
"piedra"				

哥	兒	們		哥兒們
gē	ér	men	=	gēr men
hermano	suf.	suf. plural		
"compinches"				

Aparte de esto, hay una serie de sufijos que deben su origen a la traducción directa de otras lenguas; se denominan "sufijos modernos"[43]. Son los siguientes:

化 *(huà)*: "valor causativo, -izar, -ificar, en-(e)cer", p. ej.,

N →V:

商	業	化
shāng	*yè*	*huà*
comercio		suf.
"comercializar"		

氣	化
qì	*huà*
gas	suf.
"gasificar"	

43.Chao Yuen-Ren (1980), *Zhōng guó huà de wén fǎ (Gramática del chino)*, pp. 123-124.

A→V:

簡	化
jiǎn	*huà*
simple	suf.
"simplificar"	

美	化
měi	*huà*
bello	suf.
"embellecer"	

性 *(xìng):* "designación de cualidad, -dad, -a/encia, -ez/a, etc.", p. ej.,

彈	性
tán	*xìng*
elástico	suf.
"elasticidad"	

鹼	性
jiǎn	*xìng*
alcalino	suf.
"alcalinidad"	

重	要	性
zhòng	*yào*	*xìng*
importante		suf.
"importancia"		

酸	性
suān	*xìng*
ácido	suf.
"acidez"	

論 *(lùn):* "teoría, -ismo", p. ej.,

相	對	論
xiāng	*duì*	*lùn*
relativo		suf.
"relativismo"		

進	化	論
jìn	*huà*	*lùn*
evolución		suf.
"evolucionismo"		

唯	心	論
wéi	*xīn*	*lùn*
ideal		suf.
"idealismo"		

無	神	論
wú	*shén*	*lùn*
ateo		suf.
"ateísmo"		

觀 *(guān)*: "concepto, -ismo, -(i)dad, etc.", p. ej.,

樂	觀
lè	*guān*
optimista	suf.
"optimismo"	

悲	觀
bēi	*guān*
pesimista	suf.
"pesimismo"	

主	觀
zhǔ	*guān*
subjetivo	suf.
"subjetividad"	

客	觀
kè	*guān*
objetivo	suf.
"objetividad"	

炎 *(yán)*: "inflamación, -ía, -itis", p. ej.,

肺	炎
fèi	*yán*
pulmón	suf.
"pulmonía o neumonía"	

眼	膜	炎
yǎn	*mó*	*yán*
conjuntiva		suf.
"oftalmía o conjuntivitis"		

支	氣	管	炎
zhī	*qì*	*guǎn*	*yán*
bronquio			suf.
"bronquitis"			

肝	炎
gān	*yán*
hígado	suf.
"hepatitis"	

學 *(xué)*: "ciencia, -logía", p. ej.,

心	理	學
xīn	*lǐ*	*xué*
psicológico		suf.
"psicología"		

地	質	學
dì	*zhí*	*xué*
geológico		suf.
"geología"		

哲	學
zhé	*xué*
filosófico	suf.
"filosofía"	

神	學
shén	*xué*
teológico	suf.
"teología"	

家 *(jiā)*: "especialista en un campo determinado, -ista, -ico/a, -ero/a, -or/a, etc.", p. ej.,

鋼	琴	家
gāng	*qín*	*jiā*
piano		suf.
"pianista"		

評	論	家
píng	*lùn*	*jiā*
criticar		suf.
"crítico/a"		

冒	險	家
mào	*xiǎn*	*jiā*
aventurar		suf.
"aventurero"		

作	家
zuò	*jiā*
escribir	suf.
"escritor/a"	

者 *(zhě)*: "agente de la acción, -or/a, -ista, -(i)ente, etc.", p. ej.,

讀	者
zhě	*zhě*
leer	suf.
"lector/a"	

記	者
jì	*zhě*
tomar nota	suf.
"periodista, reportero"	

消	費	者
xiāo	*fèi*	*zhě*
consumir		suf.
"consumidor/a"		

生	還	者
shēng	*huán*	*zhě*
sobrevivir		suf.
"sobreviviente"		

Estos sufijos modernos también tienen aplicación repetitiva, p. ej.,

[[[唯	物]	論]	者]
[[[wéi	wù]	lùn]	zhě]
[material]		suf. -ismo	suf. -ista
[materialismo]			
"materialista"			

[[[語	言]	學]	家]
[[[yǔ	yán]	xué]	jiā]
[lengua]		suf. -logía	suf. -ista
[filología, lingüística]			
"filólogo, lingüista"			

A pesar de la afinidad semántica entre 者 (zhě) "-ista" y 家 (jiā) "-ista", al añadirse al primer sufijo, 者 (zhê) "-ista" elige exclusivamente bases terminadas en 論 (lùn) "-ismo", y 家 (jiā) "-ista" se une sólo a bases terminadas en 學 (xué) "-logía", si no se respeta esta regla, dan combinaciones erróneas como éstas:[44]

[[[宿	命]	論]	者]
[[[sù	mìng]	lùn]	zhě]
[fatal]		-ismo	-ista
[fatalismo]			
"fatalista"			

*[[宿命]	論]	家]
*[[[sù mìng]	lùn]	jiā]
[fatal]	-ismo	-ista
[fatalismo]		
*"fatalista"		

---

44. Gunnar Richer (1993), "Affix-imposed conditions in Chinese word formation", en C. L. A. O., XXII, 1, pp. 39-42.

[[文	學]	家]
[[wén	*xué]*	*jiā]*
letra	-logía	-ista
literatura		
"literato/a"		

*[[文學	者]
[[wén xué]	*zhě]*
letra	-logía	-ista
literatura	
*"literato/a"	

4.1.3. LA INTERFIJACIÓN (INFIJACIÓN)

En **chino** hay muy pocos infijos. Éstos son morfemas que se insertan dentro de una palabra. Existen dos tipos de infijos: (1) los potenciales y (2) los formativos.

(1) **Los infijos potenciales** 得 (de) "poder" y 不 (bù) "no poder" se colocan entre un verbo de acción y su complemento resultativo correspondiente para denotar si dicha acción puede tener el resultado indicado o no.

Las construcciones en que estos infijos potenciales pueden tener lugar son los llamados "compuestos verbales resultativo-potenciales", es decir, en este tipo de construcciones, la primera raíz (siempre es un verbo) indica la acción, mientras que la segunda expresa el resultado de la acción denotada por la primera, p. ej.,

吃	飽
chī	*bǎo*
comer	lleno/a
"estar lleno/a o saciado/a (después de haber comido)"	

Cuando se insertan los infijos potenciales en este compuesto, convierten a éste en un compuesto potencial, el infijo得 *(de)* "poder" para la forma afirmativa y el infijo 不 *(bù)* "no poder" para la negativa, p. ej.,

吃	得	飽
chī	*de*	*bǎo*
comer	inf.	lleno/a
"poder estar lleno/a"		

吃	不	飽
chī	*bù*	*bǎo*
comer	inf.	lleno/a
"no poder estar lleno/a"		

Veamos más ejemplos:

打	倒
dǎ	*dâo*
golpear	caer
"derribar, echar abajo (después de haber golpeado, o golpeando)"	

y sus formas con infijos:

打	得	倒
dǎ	*de*	*dǎo*
golpear	inf.	caer
"poder derribar golpeando"		

打	不	倒
dǎ	*bù*	*dǎo*
golpear	inf.	caer
"no poder derribar golpeando"		

睡	著
shuì	*zháo*
acostarse	dormirse
"dormirse"	

y sus formas con infijos:

睡	得	著
shuì	*de*	*zháo*
acostarse	inf.	dormirse
"poder dormirse"		

睡	不	著
shuì	*bù*	*zháo*
acostarse	inf.	dormirse
"no poder dormirse"		

Sin embargo, hay que tener en cuenta que no todos los compuestos verbales resultativos admiten la forma potencial, p.ej.,

改	善
gǎi	*shàn*
transformar	ser bueno
"mejorar, perfeccionar"	

*改	得	善
gǎi	de	shàn
tansformar	inf.	ser bueno
"poder mejorar"		

*改	不	善
gǎi	bù	shàn
transformar	inf.	ser bueno
"no poder mejorar"		

說	服
shuì	*fú*
hablar	convencer
"convencer"	

*說	得	服
shuì	de	fú
hablar	inf.	convencer
"poder convencer"		

*說	不	服
shuì	bù	fú
hablar	inf.	convencer
"no poder convencer"		

ni todas las construcciones potenciales derivan de la supuesta forma "original", p. ej.,

來	得	及
lái	de	jí
venir	inf.	estar a tiempo
"poder dar tiempo para"		

來	不	及
lái	bù	jí
venir	inf.	estar a tiempo
"no poder dar tiempo para"		

pero no existe

*來	及
*lái	jí
venir	estar a tiempo
"dar tiempo"	

o

管	得	著
guǎn	de	zháo
interferir	inf.	el verbo anteriormente indicado logra llevarse a cabo resultativo, gramatical
"poder interferir"		

管	不	著
guǎn	bù	zháo
interferir	inf.	el verbo anteriormente indicado logra llevarse a cabo, resultativo gramatical
"no poder interferir"		

pero no existe

*管	著
*guǎn	zháo
interferir	el verbo anteriormente indicado logra llevarse a cabo, resultativo gramatical
"interferir"	

En cuanto a (2) **los infijos formativos,** se han registrado dos: son 哩 (li) y 不 (bù). Éstos no tienen significado léxico pero sí función fónica; se insertan principalmente en determinadas construcciones reduplicadas en el lenguaje coloquial, p. ej.,

X 哩 *(li)* X Y:

糊	哩	糊	塗
hú	*li*	*hú*	*tú*
"despistado/a, confuso/a"			
囉	哩	囉	嗦
luō	*li*	*luō*	*suō*
"muy locuaz"			

小	哩	小	氣
xiǎo	*li*	*xiǎo*	*qì*
"tacaño/a, roñoso/a"			
妖	哩	妖	氣
yāo	*li*	*yāo*	*qì*
"(mujer) coqueta"			

X 不 (bù) Y Y:

酸	不	溜	溜
suān	*bù*	*liū*	*liū*
"envidioso/a"			

4.1.4. COMPOSICIÓN

En **chino**, las palabras compuestas son unidades polisilábicas que se pueden analizar en dos o más elementos significativos, y tienen un comportamiento unitario, similar al de una palabra simple. Al igual que en español, en chino la definición de la palabra compuesta plantea los mismos problemas, sin embargo, sí hay una serie de características que la distinguen de las palabras no compuestas: inseparabilidad de los elementos, pertenencia a una determinada categoría gramatical, alto grado de lexicalización, no admisión de elementos intercalados, cohesión semántica de los elementos, fijación de su secuencia y estabilidad en la relación entre la forma y el significado.

4.1.4.1. Compuestos nominales

Los compuestos nominales de estructura N + N son muy productivos dado que los hablantes poseen un margen de creatividad, con la única condición de que la asociación sea lógica y el contexto del discurso, apropiado.

Conforme a la relación sintáctica que une los constituyentes, se pueden dividir en dos grandes grupos: 1) compuestos coordinativos y 2) compuestos subordinativos.

1) **Compuestos coordinativos:** resultan de la unión de dos nombres equipolentes, p. ej.,

尺	寸		水	土
chǐ	*cùn*		*shuǐ*	*tǔ*
pie	pulgada		agua	tierra
"medida, tamaño"			"circunstancias naturales, clima"	
聲	音		禽	獸
shēng	*yīn*		*qín*	*shòu*
sonido	sonido		ave	bestia
"sonido, voz"			"animales"	

2) **Compuestos subordinativos:** en los que un constituyente determina o modifica al otro; es imposible elaborar aquí una lista exhaustiva de las relaciones semánticas de este tipo dada su gran diversidad, pero de ellas damos una muestra:[45]

---

45. C. N. Li y S. A. Thompson (1981), *Mandarin Chinese. A functional reference grammar*, pp. 49-54.

2.1) N1 denota el lugar donde N2 se halla:

河	馬
hé	*mǎ*
río	caballo
"hipopótamo"	

墓	碑
mù	*bēi*
tumba	lápida
"lápida"	

2.2) N1 denota el lugar donde N2 se aplica:

牙	膏
yá	*gāo*
diente	pasta
"pasta dentífrica"	

髮	夾
fǎ	*jiá*
pelo	pinzas
"horquilla"	

2.3) N2 denota un objeto para proteger de N1:

雨	傘
yǔ	*sǎn*
lluvia	paraguas
"paraguas"	

蚊	帳
wén	*zhàng*
mosquitos	cortina de cama
"mosquitero"	

2.4) N2 denota un recipiente para N1:

茶	杯
chá	bēi
té	vaso
"taza"	

信	箱
xìn	xiāng
carta	caja
"buzón"	

2.5) N2 denota un producto de N1:

蜂	蜜
fēng	*mì*
abeja	miel
"miel"	

牛	奶
niú	*nǎi*
vaca	leche
"leche"	

2.6) N2 está hecha de N1:

銅	像
tóng	*xiàng*
bronce	estatua
"estatua de bronce"	

金	幣
jīn	*bì*
oro	moneda
"moneda de oro"	

2.7) N2 es causado por N1:

油	煙
yóu	*yān*
aceite	humo
"humo de aceite"	

凍	瘡
dòng	*chuāng*
frío	llaga
"sabañón"	

2.8) N2 denota el lugar donde N1 se encuentra:

麵	店
miàn	*diàn*
fideos	restaurante
"restaurante de fideos"	

藥	房
yào	*fáng*
medicamento	casa
"farmacia"	

2.9) N1 denota el tiempo para N2:

春	風
chūn	*feng*
primavera	brisa
"brisa primaveral"	

午	飯
wǔ	*fàn*
mediodía	arroz
"almuerzo"	

2.10) N1 le atribuye un carácter metafórico a N2:

鬼	臉
guǐ	*liǎn*
demonio	cara
"mueca"	

神	童
shén	*tóng*
dios	niño
"niño prodigio"	

En esta modalidad de formación, se encuentran también compuestos exocéntricos, citamos algunos:

雞	眼
jī	*yǎn*
gallo	ojo
"ojo de gallo, callo"	

手	足
shǒu	*zú*
mano	pie
"hermano"	

千	金
qiān	*jīn*
mil	oro
"hija (de los demás)"	

綠	帽
lǜ	*mào*
verde	sombrero
"ser infiel al cónyuge"	

(1) V + N

El modelo de compuesto Verbo + Nombre es un procedimiento de formación de palabras muy popular. Se usa mucho para designaciones de objetos (*cascanueces, tocadiscos, escurreplatos, abrecartas)*, de personas *(pelagatos, aguafiestas, limpiabotas, guardaespaldas)*, o de animales y plantas *(saltamontes, papamoscas, girasol, matacaballos)*, y también para dar lugar a componentes de construcciones adverbiales *(a matacaballo, a quemarropa, a regañadientes, a vuelapluma)*. La composición V + N presenta dos formas de muy distinta productividad y relevancia: una es V + Preposición + N *(corre-a-casa, mont[e]mbanco)*, se trata de un pequeño número de voces desusadas donde se conserva algún resto de la preposición introductoria del complemento; la otra, V + N *(perdonavidas, cumpleaños)*, es la de mayor vitalidad y rendimiento en español.

En este tipo de formaciones, el verbo aparece en tercera persona del singular y el complemento nominal sólo presenta alteración de número, el género del compuesto es siempre masculino, independientemente del género que posea el constituyente nominal, p. ej.,

el ganapán / los ganapanes

el cubrecama / los cubrecamas

De esta construcción es posible deducir la mayor parte del significado que puede presentar el compuesto. Como el compuesto refiere a la entidad que promueve, instiga, hace posible o realiza la denotación del verbo, cabe asignársele valores de agente e instrumento, o los contenidos correspondientes al papel de "actor". Esto predice que verbos sin valor de actividad y que no seleccionan el papel de actor en su estructura argumental no aparezcan en este tipo de compuestos: **parecepalacio,* tampoco tienen lugar aquellos verbos que carecen de "actor": **caelluvias* (compuesto que sólo sería comprensible en el sentido de denotar "algo o alguien que hace caer lluvias").[46]

46.J. F. Val Álvaro (1999), op. cit., pp. 4793-4794.

El número gramatical con que se integra el sustantivo en la mayoría de los casos es el plural, pero es un plural formal que carece de valor cuantitativo para el compuesto. Esto explica por qué algunas formaciones presentan sustantivos no contables en plural, p. ej., *quitamiedos, sacadineros*, etc. El plural del compuesto sólo puede marcarse a través de los determinantes que lo modifican: *el afilalápices / los afilalápices, el chupatintas / los chupatintas*, etc.

Aunque es habitual que en este tipo de compuestos el primer constituyente sea un verbo, S. Varela (1996, p. 116) señala que no es desconocida una construcción como *manicuro o sonámbulo,* donde el tema verbal ocupa la segunda posición.

En cuanto al género, hay un predominio del masculino, lo cual se debe sin duda al valor generalizante de éste frente al femenino; sin embargo, se registran unos pocos casos en femenino, tales como: *la quitameriendas (planta), la sacabala* (pinza), *la botavara* (palo), etc. Otro factor que menciona M. F. Lang (1992) es que en los compuestos V + N, el núcleo (el determinado) no está manifestado formalmente, es decir, los significados de tales compuestos son exocéntricos respecto de sus constituyentes, lo que explica que las marcas sintácticas de los constituyentes nominales no se transmitan a los compuestos, p. ej., *la ropa* pero *el guardarropa, la nuez* pero *el rompenueces.*

El compuesto de V + N en chino es una construcción en la que existe una relación sintáctica entre el verbo y su complemento directo. La gran mayoría de estos compuestos se comportan como verbos; de ello hablaremos con detenimiento en su apartado correspondiente. Algunos otros funcionan como nombres; las relaciones semánticas internas de los tipos más productivos son las siguientes:

1) El N es el complemento directo del V:

傳	道
chuán	*dào*
predicar	doctrina
"predicador"	
拼	圖
pīn	*tú*
juntar	cuadro
"puzzle"	

枕	頭
zhên	*tóu*
recostar	cabeza
"almohada"	
燃	料
rán	*liào*
quemar	material
"combustible"	

Este tipo de formación es muy acudido para el uso culinario, p. ej.,

炒	飯
chǎo	*fàn*
freír	arroz
"arroz frito"	

烤	雞
kǎo	*jī*
asar	pollo
"pollo asado"	

2) El V es la acción del N:

學	生
xué	*shēng*
estudiar	alumno
"estudiante"	
跳	蚤
tiào	*zǎo*
saltar	pulga
"pulga"	

開	水
kāi	*shuǐ*
hervir	agua
"agua hervida"	
牧	人
mù	*rén*
pastorear	persona
"pastor"	

3) El N es el instrumento del V:

烤	箱
kǎo	*xiāng*
asar	caja
"horno"	

跳	板
tiào	*bǎn*
saltar	tabla
"trampolín"	

別	針
bié	*zhēn*
prender	aguja
"alfiler"	

聽	筒
tīng	*tǒng*
escuchar	tubo
"estetoscopio"	

4) El N es la causa del V:

保	險
bǎo	*xiǎn*
proteger de	peligro
"seguro"	

死	刑
sǐ	*xíng*
morir	condena
"pena capital"	

閃	電
shǎn	*diàn*
relampaguear	electricidad
"relámpago"	

觸	診
chù	*zhěn*
tocar	diagnóstico
"palpación"	

5) El resto: se agrupan bajo esta clase todos aquellos compuestos cuyos constituyentes se unen por diversas relaciones internas, p. ej.,

笑	話
xiào	*huà*
reír	palabra
"chiste"	

跳	棋
tiào	*qí*
saltar	ajedrez
"damas chinas"	

宿	舍		漏	洞
sù	shè		lòu	dòng
albergar	morada		gotear	agujero
"residencia"			"punto débil"	

(2) V + V

La formación de nombres por la concatenación de dos verbos es, desde un punto de vista cuantitativo, marginal dentro de la lengua española, ya que la mayoría de esos nombres han caído en desuso. Sin embargo, merece la pena estudiar la estructura interna de este tipo de compuestos. Según las relaciones semánticas de los constituyentes, E. Bustos Gisbert (1986, pp. 316-319) distingue tres grupos diferentes:

1) compuestos en los que se repite el mismo verbo;

2) compuestos en los que se unen dos verbos antónimos;

3) compuestos en los que no se aprecia ninguna de las dos relaciones anteriores.

Los del primer grupo se destacan, en general, por su carácter reiterativo-intensivo; el mismo valor reforzador se halla también en construcciones sintácticas como *café café, Esto es comer comer*, pero la diferencia entre ambos está en que estos compuestos se forman a partir de la unión de dos formas verbales y se comportan como sustantivos, categoría distinta de la de los elementos componentes. En cuanto al valor concreto, es muy variable, p. ej., *bullebulle* (persona inquieta y entrometida), *lamelame* (adulador), *picapica* (pelo o pelusilla de origen vegetal que, aplicado sobre la piel de las personas, causa gran comezón), etc.

El segundo tipo de compuestos resulta de la concatenación

de dos verbos de significado contrario respecto del acto al que se refieren, p. ej., *duermevela* (sueño ligero en que se halla el que está dormitando / sueño fatigoso y frecuentemente interrumpido), *quita(i)pón* (adorno que suele ponerse en la testera de las cabezadas del ganado mular y de carga), *subibaja* (columpio de báscula), *vaivén* (movimiento alternativo de un cuerpo en una y otra direcccción), *ganapierde* (modo especial de jugar a las damas en que gana el que pierde antes todas las piezas).

Dentro del tercer grupo se incluyen los casos no mencionados hasta ahora, p. ej., *tejemaneje* (destreza y habilidad con que se maneja un negocio), *arrancasiega* (acción de arrancar y segar algo como el trigo o la cebada cuando se han quedado cortos), *tiramira* (cordillera larga), *correverás* (juguete que se mueve por un resorte oculto), *salsipuedes* (callejón sin salida), etc.

En **chino**, por otra parte, los compuestos nominales formados por dos verbos son más frecuentes, y son susceptibles de ser divididos en dos grupos, según la relación semántica de los componentes:

1) **Compuestos de verbos con significado contrario:**

開	關
kāi	*guān*
encender	apagar
"interruptor"	
呼	吸
hū	*xī*
espirar	aspirar
"respiro"	

買	賣
mǎi	*mài*
comprar	vender
"compraventa"	
收	支
shōu	*zhī*
ingresar	pagar
"saldo"	

生	死
shēng	*sǐ*
vivir	morir
"vida"	

得	失
dé	*shī*
ganar	perder
"resultado, beneficio"	

2) Compuestos de verbos con significados afines o relacionados:

治	療
zhì	*liáo*
tratar	curar
"tratamiento"	

摩	擦
mó	*cā*
rozar	frotar
"fricción"	

裁	縫
cái	*féng*
cortar	coser
"sastre"	

學	問
xué	*wèn*
aprender	preguntar
"saber, conocimiento"	

評	論
píng	*lùn*
juzgar	criticar
"comentario"	

舖	蓋
pū	*gài*
extender	cubrir
"ropa de cama"	

(3) A + N o N + A

En primer lugar, hay que señalar que algunos términos de este tipo presentan un estado de fluctuación entre la fusión ortográfico-fonológica y la estructura composicional separada, p. ej.,

A + N: *medianoche / media noche*

malaleche / mala leche

N + A: *caradura / cara dura*

cubalibre / cuba libre

Se trata de términos que contienen estructuras frásticas que, con el tiempo, se sienten cada vez más como verdaderos compuestos y que se escriben alternativamente juntos o separados.[47]

En segundo lugar, es interesante observar que el adjetivo que forma el compuesto puede ser calificativo o numeral, y no aparecen ni demostrativos ni posesivos ni indefinidos,[48] etc.

1) **Adjetivo calificativo antepuesto:** *librepensamiento, ricadueña, malasombra, buenaventura, altavoz, falsarregla, etc.*

2) **Adjetivo calificativo pospuesto:** *aguafuerte, tiovivo, avefría, camposanto, guardiacivil, cabezadura, malvarrosa, picofeo, etc.*

3) **Adjetivo numeral cardinal antepuesto:** *ciempiés, milhojas, sietecueros, etc.*

4) **Adjetivo numeral ordinal antepuesto:** *quintaesencia, quintacolumnista, etc.*

5) **Adjetivo numeral multiplicativo antepuesto:** *doblescudo, etc.*

6) **Adjetivo numeral multiplicativo pospuesto:** *pasodoble, mandoble, etc.*

No ha de extrañarnos que los adjetivos que aparecen sean mayoritariamente calificativos, pues son los que realmente aportan sustancia semántica al compuesto al que se integran.

En cuanto al chino, no faltan tampoco casos de este tipo de compuestos; veamos algunos ejemplos:

47. Véase Mervyn F. Lang (1992), p. 102

48. E. de Bustos Gisbert (1986), pp. 128-129.

N + A:

月	亮
yuè	*liàng*
luna	brillante
"la luna"	

蛋	黃
dàn	*huáng*
huevo	amarillo
"yema"	

口	紅
kǒu	*hóng*
boca	rojo
"barra de labios"	

文	盲
wén	*máng*
letra	ciego
"analfabetismo"	

風	濕
fēng	*shī*
viento	húmedo
"reumatismo"	

餅	乾
bīng	*gān*
pastel	seco
"galleta"	

Como el chino moderno tiene una clara tendencia a constituirse como lengua SOV y el adjetivo siempre se antepone al nombre, el distinguir el compuesto A + N del sintagma A + N libremente construido resulta a veces problemático; no obstante, esta dificultad se remedia con la partícula 的 (de), que sirve para atribuir la cualidad indicada por el adjetivo al nombre al que modifica. Si insertamos esta partícula entre el adjetivo y el nombre, el término que la adopta será sintagma, ya que el compuesto no admite ningún elemento intercalado, p. ej.,

濃	茶	=	濃	的	茶
nóng	*chá*	=	*nóng*	*de*	*chá*
espeso	té		espeso	partícula	té
"té espeso"			"té espeso"		

新	書	=	新	的	書
xīn	*shū*	=	*xīn*	*de*	*shū*
nuevo	libro		nuevo	partícula	libro
"libro nuevo"			"libro nuevo"		
高	山	=	高	的	山
gāo	*shān*	=	*gāo*	*de*	*shān*
alto	monte		alto	partícula	monte
"monte alto"			"monte alto"		
軟	糖	=	軟	的	糖
ruǎn	*táng*	=	*ruǎn*	*de*	*táng*
blando	caramelo		blando	partícula	caramelo
"gominola"			"gominola"		

pero

香	水
xiāng	*shuǐ*
fragante	agua
"perfume"	
美	術
měi	*shù*
bello	arte
"bellas artes"	
青	苔
qīng	*tái*
verde	musgo
"musgo"	

*香	的	水
*xiāng	*de*	*shuǐ*
fragante	partícula	agua
"perfume"		
*美	的	術
*měi	*de*	*shù*
bello	partícula	arte
"bellas artes"		
*青	的	苔
*qīng	*de*	*tái*
verde	partícula	musgo
"musgo"		

圓	規
yuán	*guī*
redondo	regla
"compás"	

*圓	的	規
yuán	*de*	*guī*
redondo	partícula	regla
"compás"		

(4) Otros compuestos nominales

Se recogen en este espacio otras formaciones nominales de menor importancia, tanto por su poco rendimiento como por la escasez de las voces existentes, así como aquéllas cuya combinación de determinadas categorías sólo se da en una de las dos lenguas que aquí nos ocupan.

V + Adv.: es un grupo heterogéneo constituido por escasas voces, p. ej., *bogavante* y *pasavante* (ambos con un adverbio *avante* que significa "adelante", anticuados en la lengua general), *catalejo* (formado con el verbo *catar* en su acepción desusada de "mirar" y con la reducción del adverbio *lejos* a *lejo*), *cenaaoscuras* (de *cenar* más la locución *a oscuras*), *mandamás, tirafuera, cantaclaro* y el neologismo *abrefácil*.[49]

Adv + V: *bienestar, malestar, menoscuenta,* etc.

Adv + A: *siempretieso, bienoliente,* etc.

Pron. + V: *quehacer*

Prep. + V: *porvenir*

Prep. + N: *sinfín, sinsabor, sinvergüenza, parabién*

Prep. + A: *pormenor*

Las formaciones con núcleo verbal y cierto tipo de elementos pronominales: *hazmerreír, nomeolvides, miramelindos, correveidile,*

49.Val Álvaro (1999), pp. 4806-4807.

sabelotodo, matalascallando, con la presencia de una preposición, p. ej., *tentempié, metomentodo,* etc.

En **chino**, los compuestos nominales se configuran a partir de categorías más diversas; entre ellas, destacan las siguientes combinaciones:

(1) **A + A:**[50] Los nombres resultantes, que están formados por dos adjetivos con significado antónimo, expresan una cualidad cuyos extremos bipolares quedan señalados por sus dos constituyentes. El orden es, desde luego, irreversible, p.ej.,

鹹	淡
xián	*dàn*
salado	soso
"sabor"	
貴	賤
guì	*jiàn*
caro	barato
"valor, precio"	
明	暗
míng	*àn*
claro	oscuro
"tonalidad de color"	
輕	重
qīng	*zhòng*
ligero	pesado
"peso"	

* 淡	鹹
*dàn	*xián*
soso	salado
"sabor"	
* 賤	貴
*jiàn	*guì*
barato	caro
"valor, precio"	
* 暗	明
*àn	*míng*
oscuro	claro
"tonalidad de color"	
* 重	輕
*zhòng	*qīng*
pesado	ligero
"peso"	

---

50. De esta estructura se encuentran también algunos casos esporádicos en español, p. ej., *altibajo, claroscuro.*

(2) N + V:

面	試
miàn	*shì*
cara	examinarse
"entrevista"	

禮	拜
lǐ	*bài*
rito	adorar
"culto religioso"	

波	折
bō	*zhé*
ola	doblar
"peripecia"	

夢	想
mèng	*xiǎng*
sueño	desear
"sueño, ideal"	

(3) N + Clasificador:

書	本
shū	*běn*
libro	clas. para libros
"libro"	

花	朵
huā	*duǒ*
flor	clas. para flores
"flor"	

車	輛
chē	*liàng*
coche	clas. para vehículos
"coche"	

雨	滴
yǔ	*dī*
lluvia	clas. para agua
"gota de lluvia"	

4.1.4.2. Compuestos verbales

En español la creación de verbos por el procedimiento de composición es, en términos generales, insignificante, dado que éste da lugar a clases cerradas y los verbos así formados son muy reducidos. Aparte de producir verbos mediante el proceso de parasíntesis — a partir de la concatenación de dos sustantivos (*macho* + *hembra* + *ar*→*machihembrar*) — la combinación de un nombre y un verbo o un adverbio y un verbo también da como resultado compuestos verbales. En ambos casos el núcleo es el verbo y el significado del conjunto es endocéntrico.

(1) N + V

En esta clase de formaciones el nombre puede desempeñar la función de complemento directo o circunstancial, según el concepto que designa el compuesto. Así, en los verbos *maniatar, rabiatar, alicortar, perniquebrar* , los sustantivos rabo, *ala* y *pierna* son complementos directos de *atar, cortar* y *quebrar,* respectivamente, y en *manuscribir* y *salpicar*, los sustantivos *mano* y *sal* equivalen a un complemento circunstancial.[51]

El **chino** tampoco se vale mucho de esta estructura para formar verbos, el constituyente nominal puede funcionar como sujeto, complemento directo o circunstancial, p. ej.,

como SUJETO:

風	行
fēng	*xíng*
viento	correr
"(lit.) como el viento que corre, estar de moda"	

吻	合
wěn	*hé*
labios	corresponder
"(lit.) los labios corresponden el uno con el otro, coincidir"	

---

51. En opinión de Alemany y Bolufer (1920), *Tratado de la formación de palabras en la lengua castellana*, p. 171, los compuestos del tipo N + V como *mamparar, fazferir, escamondar, pelechar,* etc., son voces anticuadas y están lexicalizadas como simples en español.

como C.D:

規	定
guī	*dìng*
reglamento	establecer
"(lit.) establecer reglamento, estipular"	

聲	張
shēng	*zhāng*
voz	expandir
"(lit.) expandir la voz, dar a conocer"	

como C. CIRCUNSTANCIAL:

火	葬
huǒ	*zàng*
fuego	enterrar
"(lit.) enterrar a fuego, incinerar"	

槍	斃
qiāng	*bì*
pistola	matar
"(lit.) matar con pistola, fusilar"	

(2) Adv + V

Este tipo de compuestos comprende, sobre todo, verbos encabezados por los dos adverbios modales, *bien* y *mal*, que constituyen al mismo tiempo una modificación del núcleo verbal, p. ej., *bienquerer, bienvivir, malgastar, malherir, malcriar*, etc.

En chino ocurre lo mismo, la formación de verbos mediante la concatenación de un adverbio y un verbo tampoco es un proceso rentable; algunos ejemplos de este tipo son:

後	悔
hòu	*huǐ*
atrás	arrepentirse
"arrepentirse (por el pasado)"	

上	訴
shàng	*sù*
arriba	acusar
"apelar (a la corte superior)"	

過	奬
guò	jiǎng
excesivamente	elogiar
"elogiar excesivamente"	

慢	用
màn	yòng
despacio	comer
"¡Que aproveche!"	

(3) **V + V:** son compuestos verbales formados por la unión de dos bases verbales. Es un tipo de formación marginal en español; los pocos verbos encontrados son *tiramollar* (*tirar* de un cabo que pasa por retorno para aflojar [= *amollar*] lo que asegura o sujeta) y los neologismos idiosincrásicos *sonrisoñar* (*sonreír* + *soñar*): "¡Oye, tú! ¿tengo yo monos en la cara para que te *sonrisueñes* de mí?"[52,] *rezocantar* (*rezar* + *cantar*): "Allí subió el superior con una diligencia de mono y desde aquella eminencia se puso a *rezocantar* con una voz de becerro."[53]

En **chino** existen dos tipos básicos de relaciones semánticas entre los constituyentes de los compuestos verbales, así, los compuestos verbales se clasifican en dos clases: 1) verbos compuestos paralelos y 2) verbos compuestos resultativos.

1) **Verbos compuestos paralelos:** son verbos constituidos a su vez por dos verbos de igual[54] o parecido significado. Generalmente

---

52. David Serrano-Dolader (1995), *Las formaciones parasintéticas en español*, pp. 260-261, nota 249.

53. David Serrano-Dolader (1999), "La derivación verbal y la parasíntesis", en *Gramática descriptiva de la Lengua Española*, p. 4748, nota 102.

54. En chino un fenómeno muy peculiar de los verbos es el que la mayoría de los verbos activos pueden ser reduplicados:

試	→	試試
shì	→	shì shì
"intentar"		"intentar un poco"

走	→	走走
zǒu	→	zǒu zǒu
"andar"		"andar un rato, dar una vuelta"

La forma reduplicada expresa el aspecto delimitativo, indicando que la acción se realiza por un corto período de tiempo. Sobre este tema volveremos a hablar en el apartado de reduplicación.

el compuesto resultante sigue manteniendo las propiedades sintácticas y semánticas de los componentes, p. ej.,

克	服
kè	*fú*
conquistar	vencer
"superar"	
抗	議
kàng	*yì*
resistir	discutir
"protestar"	

贈	送
zèng	*sòng*
obsequiar	dar como regalo
"regalar"	
監	視
jiān	*shì*
supervisar	mirar
"vigilar, espiar"	

2) **Verbos compuestos resultativos:** este tipo de compuestos está formado por dos verbos, el primero es el verbo principal y expresa la acción, y el segundo es el llamado "complemento resultativo", que expresa el resultado de la acción anterior. Ambos forman una unidad compacta que no puede ser interrumpida por ningún otro elemento (sufijos aspectuales, negaciones, etc.), p. ej.,

革	新
gé	*xīn*
reformar	ser nuevo
"innovar"	
降	低
jiàng	*dī*
descender	estar bajo
"bajar"	

*革	了	新
*gé	*le*	*xīn*
reformar	suf. asp. perfvo.	ser nuevo
"haber innovado"		
*降	不	低
*jiàng	*bù*	*dī*
descender	no	estar bajo
"no poder bajar"		

Los compuestos resultativos poseen unas características muy importantes:

Primero, a diferencia de muchos verbos activos en chino, que pueden someterse al proceso de reduplicación, los compuestos resultativos no pueden ser reduplicados, p. ej:

V de acción:

嘗	→	嘗嘗
cháng	→	*cháng cháng*
"degustar"		"degustar un poco"
休息	→	休息休息
xiū xí	→	*xiū xí xiū xí*
"descansar"		"descansar un rato"

Compuestos resultativos:

淋濕	→	*淋濕淋濕
lín shī	→	**lín shī lín shī*
echar agua		estar mojado
"mojar"		

El hecho de que el compuesto resultativo no sea susceptible de reduplicación se debe a que la función primaria del compuesto resultativo es comunicar si el resultado de la acción se ha logrado o no, mientras que el verbo reduplicado sirve para expresar el aspecto delimitativo del verbo, es decir, la brevedad de la acción.

Segundo, muchos compuestos resultativos pueden tener forma potencial, insertando en los constituyentes el infijo potencial afirmativo 得 *(de)* "poder" y negativo 不 *(bù)* "no poder". La presencia del infijo 得 *(de)* "poder" significa que la acción o proceso denotado por el primer constituyente del compuesto puede obtener el resultado indicado por el segundo constituyente, y la presencia del infijo 不 *(bù)* "no poder" significa, a su vez, que la acción no llega a lograr tal resultado, p. ej.,

擋	住
dǎng	*zhù*
resistir	parar
"impedir"	

con el infijo potencial afirmativo intercalado:

擋	得	住
dǎng	*de*	*zhù*
resistir	inf. poder	parar
"poder impedir"		

con el infijo portencial negativo intercalado:

擋	不	住
dǎng	*bù*	*zhù*
resistir	inf. no poder	parar
"no poder impedir"		

o

擦	掉
cā	*diào*
borrar	quitar
"borrar"	

con el infijo potencial afirmativo intercalado:

擦	得	掉
cā	*de*	*diào*
borrar	inf. poder	quitar
"poder borrar"		

con el infijo potencial negativo intercalado:

擦	不	掉
cā	*bú*	*diào*
borrar	inf. no poder	quitar
"no poder borrar"		

Casi todos los verbos pueden usarse como el primer elemento del compuesto resultativo-potencial, mientras que el conjunto de los verbos que pueden funcionar como segundo elemento del compuesto es mucho más restringido. De acuerdo con el tipo del segundo componente verbal, que indica el estado resultante y puede ser un verbo tanto de acción como de cualidad, se distinguen tres clases de compuestos resultativos:[55]

1) **Resultativos completivos:** Son los compuestos en que el segundo verbo completa el primero indicando la fase de la acción de éste o el estado final que se pretende alcanzar, p. ej.,

---

55. Véase Claudia Ross (1990), "Resultative verb componunds", en *JCLTA*, XXV, 3, pp. 65-69, Edward Mcdonald (1994), "Completive verb compounds in modern Chinese: A new look at an old problem", en *Journal of Chinese linguistics*, 22:2, pp. 317-362 y C. N. Li y S. A. Thompson (1981), op. cit., pp. 54-68.

寫	完
xiě	wán
escribir	terminar
"terminar de escribir"	

寫	得	完
xiě	de	wán
escribir	inf. poder	terminar
"poder terminar de escribir"		

寫	不	完
xiě	bú	wán
escribir	inf. no poder	terminar
"no poder terminar de escribir"		

推	開
tuī	kāi
empujar	estar abierto
"abrir algo empujando"	

推	得	開
tuī	de	kai
empujar	inf. poder	estar abierto
"poder abrir algo empujando"		

推	不	開
tuī	bú	kāi
empujar	inf. no poder	estar abierto
"no poder abrir algo empujando"		

2) **Resultativos direccionales:** son compuestos formados por un verbo de acción seguido de un verbo estativo direccional. Se pueden dividir, además, en tres subgrupos según el tipo de verbos direccionales que lleven:

2.a) En el primer grupo se hallan 來 *(lái)* "venir (lit.), donde la acción se lleva a cabo en dirección del hablante" y 去 *(qù)* "ir (lit.), donde la acción se realiza en dirección opuesta al hablante", p. ej.,

搬	來
bān	*lái*
mover	venir
"traer (algo de peso)"	

搬	得	來
bān	*de*	*lái*
mover	inf. poder	venir
"poder traer (algo de peso)"		

搬	不	來
bān	*bù*	*lái*
mover	inf. no poder	venir
"no poder traer (algo de peso)"		

過	去
guò	*qù*
pasar	ir
"pasar (yendo allá)"	

過	得	去
guò	*de*	*qù*
pasar	inf. poder	ir
"poder pasar, transitable"		

過	不	去
guò	*bù*	*qù*
pasar	inf. no poder	ir
"no poder pasar, intransitable"		

2.b) El segundo grupo incluye los siguientes ocho verbos de dirección: 上 *(shàng)* "subir, arriba", 下 *(xià)* "bajar, abajo", 進 *(jìn)* "entrar, adentro", 出 *(chū)* "salir, afuera", 起 *(qǐ)* "levantar, hacia arriba", 回 *(huí)* "volver, atrás", 過 *(guò)* "cruzar, por encima de" y 開 *(kāi)* "apartar, fuera", p. ej.,

拿	出
ná	*chū*
sacar	salir, fuera
"sacar"	

拿	得	出
ná	*de*	*chū*
sacar	inf. poder	salir, fuera
"poder sacar"		

拿	不	出
ná	*bù*	*chū*
sacar	inf. no poder	salir, fuera
"no poder sacar"		

切	開
qiē	*kāi*
cortar	apartar, fuera
"cortar, partir"	

切	得	開
qiē	*de*	*kāi*
cortar	inf. poder	apartar, fuera
"poder partir"		

切	不	開
qiē	*bù*	*kāi*
cortar	inf. no poder	apartar, fuera
"no poder partir"		

2.c) Los verbos del tercer tipo están formados por la combinación de los del 2.b) y 2.a), así, podemos elegir cualquiera del 2.b), p. ej., 上 (*shàng*) "subir", y combinarlo con uno del 2.a), 來 (*lái*) "venir" o 去 (*qù*) "ir", y obtendremos el nuevo "resultativo direccional compuesto", p. ej., 上來 (*shàng lái*) "subir hacia el hablante", en

爬	上	來
pá	*shàng*	*lái*
trepar	subir	venir
"subir hacia el hablante trepando"		

爬	得	上	來
pá	*de*	*shàng*	*lái*
trepar	inf. poder	subir	venir
"poder subir hacia el hablante trepando"			

爬	不	上	來
pá	*bù*	*shàng*	*lái*
trepar	inf. no poder	subir	venir
"no poder subir hacia el hablante trepando"			

3.) **Resultativos sólo potenciales:**   son aquellos que por sí mismos carecen de significado léxico; se usan sólo en la forma potencial para añadir el matiz de conseguir o lograr llevar a cabo y con éxito la acción indicada por el primer verbo, p. ej., 了 *(liǎo)* "terminar (lit.)", 起 *(qǐ)* "permitirse (lit.)", etc., en

受	得	了
shòu	*de*	*liǎo*
soportar	inf. poder	terminar
"poder soportar"		

受	不	了
shòu	*bù*	*liǎo*
soportar	inf. no poder	terminar
"no poder soportar"		

*受	了
*shòu	*liǎo*
soportar	terminar

買	得	起
măi	*de*	*qĭ*
comprar	inf. poder	permitirse
"poder comprar (porque se tiene dinero)"		

買	不	起
măi	*bù*	*qĭ*
comprar	inf. no poder	permitirse
"no poder comprar (porque no se posee suficiente dinero)"		

*買	起
măi	*qĭ*
comprar	permitirse

En resumidas cuentas, cabe recordar que no todos los compuestos verbales de estructura V + V en chino son compuestos resultativos,[56] ni todos éstos tienen forma potencial.

Las estructuras que exponemos a continuación sólo figuran en chino:

(4) **V + N:** son compuestos internamente formados por un verbo y su objeto, en conjunto funcionan como un sólo verbo, p. ej.:

辭	職
cí	*zhí*
renunciar a	cargo
"dimitir"	
結	婚
jié	*hūn*
contraer	matrimonio
"casarse"	

死	心
sĭ	*xīn*
morir	corazón
"dejar una idea para siempre"	
負	責
fù	*zé*
asumir	responsabilidad
"encargarse"	

56. Sólo cuando tenemos verbos télicos. Se identifican como télicos, bien las acciones, bien los verbos o sintagmas verbales que los designan, que implican la consecución de un objetivo para que pueda decirse que tal acción ha tenido efectivamente lugar.

Sin embargo, no se ha de confundir este tipo de compuestos con oraciones donde aparecen un verbo y un objeto. La diferencia entre ambos radica en que:[57]

a) El compuesto presenta un significado idiomático

b) Al menos uno de los constituyentes del compuesto ha de ser un morfema ligado

c) El compuesto no es separable, aunque algunos sí aceptan intercalar otros términos (como sufijos aspectuales, modificadores, clasificadores, etc.), o anteponer el objeto al verbo, p. ej.:

COMPUESTO VERBAL:

請	假
qǐng	*jià*
pedir	licencia
"estar con licencia"	

Se inserta el sufijo aspectual perfectivo 了 *(le)*:

我	請	了	假
wǒ	*qǐng*	*le*	*jià*
yo	pedir	suf.	licencia
"Yo estoy con licencia"			

Se inserta un modificador 三天 *(sān tiān)* "tres días":

我	請	三	天	假
wǒ	qǐng	sān	tiān	jià
yo	pedir	tres	días	licencia
"Yo tengo licencia para tres días."				

---

57. C. N. Li y S. A. Thompson (1981), pp. 73-81.

Se inserta el clasificador 個 (ge):

我	請	個	假
wǒ	qǐng	ge	jià
yo	pedir	clas.	licencia
"Yo voy a pedir licencia."			

Se antepone el objeto al verbo (tematización):

假	我	沒	請
jià	wǒ	méi	qǐng
licencia	yo	no	pedir
"Yo no estoy con licencia."			

d) Normalmente el compuesto, al funcionar como verbo, no lleva complemento directo, a pesar de que en español o inglés parezca tener significado transitivo, p. ej.:

COMPUESTO VERBAL:

開	刀
kāi	dāo
hacer obrar	cuchillo
"operar"	

*他	開	刀	我
*tā	kāi	dāo	wǒ
él	operar		a mí
(S)	(V)		(CD)
"Él me opera."			

見	面
jiàn	*miàn*
ver	cara
"ver"	

*我	見	面	他
wǒ	*jiàn*	*miàn*	*tā*
yo	ver		a él
(S)	(V)		(CD)
"Yo lo veo a él."			

Los compuestos V + N son resultados del proceso histórico a través del cual las oraciones con verbo y objeto se han ido fusionando hasta petrificarse en compuestos; el hecho de que esa evolución sea siempre gradual, se refleja en los diferentes grados de separabilidad y de idiomaticidad en el significado.

(5) V + A

讚	美
zàn	*měi*
elogiar	bonito
"alabar"	
挖	苦
wā	*kǔ*
sacar	amargo
"burlarse sarcásticamente"	

為	難
wéi	*nán*
hacer	difícil
"poner a uno en aprieto"	
裝	傻
zhuāng	*shǎ*
fingir	tonto
"hacerse el tonto"	

(6) A + A

短	少
duǎn	*shǎo*
corto	escaso
"faltar, carecer"	
穩	固
wěn	*gù*
estable	firme
"consolidar"	

滿	足
mǎn	*zú*
lleno	suficiente
"satisfacer"	
破	壞
pò	*huài*
roto	malo
"destruir"	

4.1.4.3. Compuestos adjetivos

Los compuestos adjetivos en español presentan dos modalidades básicas: combinación homocategorial (A + A) y combinación heterocategorial (N + A). La primera es, en general, de tipo coordinativo y la otra, de tipo subordinativo.

(1) A + A o A-i + A

Este tipo representa dos estructuras compositivas: una, la concatenación de los adjetivos sin elemento intermedio, y la otra, con la inserción de la vocal de enlace *-i-* entre ambos constituyentes. Por lo que atañe a la vitalidad, la primera (A + A) es, frente a la otra, mucho más productiva.

1) **A + A:** en esta estructura los adjetivos integrantes manifiestan claramente una relación coordinativa entre sí; ellos, que deben ser monoargumentales y semánticamente congruentes, determinan conjuntamente la valencia del compuesto.

Los adjetivos de este tipo se distribuyen fundamentalmente en tres campos:[58]

(a) Adjetivos referidos a **color**,[59] p. ej., *blancoamarillento, verdeazul, azulmarino*, etc.

(b) Adjetivos referidos a nacionalidad: hispanofrancés, francoitaliano, etc.

(c) Adjetivos asindéticamente combinados, propios de las **terminologías científicas**, p. ej, *financiero-administrativo, político-social, estructural-funcional, lírico-dramático, sabihondo, sordomudo, todopoderoso*, etc.

El empleo de guiones es más habitual en este tipo de composición que en cualquier otro ámbito del léxico español; mediante su uso se le concede el estatus del compuesto.

Los compuestos de este tipo no están necesariamente limitados a sólo dos constituyentes; pueden tener un comportamiento equivalente a las estructuras sintácticas coordinativas, p. ej., *franco-sueco-alemán, antropológico-sociológico-lingüístico*. Hay que hacer notar también que pueden ocupar la posición del primer constituyente del compuesto tanto adjetivos con su forma plena, como temas de adjetivos, p. ej.:

chino / sino: chino-japonés, sino-tibetano,

social / socio: socioeconómico, críticosocial, etc.;

o pueden sufrir apócope, p. ej.:

eléctrico / electro: electrodoméstico, electrodinámico,

---

58. J. F. Val Álvaro (1999), p. 4808.

59. Por oposición a los adjetivos de color constituidos conforme al tipo A-i + A; la interpretación habitual de la conjunción de colores es la de mezcla o color intermedio entre ambos, mientras que en los adjetivos compuestos de A-i + A hay una "distribución geométrica mediante la alternancia de ambos colores", como anota Bustos Gisbert (1986, p.338).

psíquico / psico: psicotécnico, psicosomático, etc.

J. F. Val Álvaro (1999, p. 4811) observa que **el orden de los constituyentes** parece atender, en general, a unas reglas de preferencia:

a) Si uno de los constituyentes es un alomorfo temático, éste debe ocupar necesariamente la primera posición, p. ej.: grecorromano / *romano-greco, bucofaríngeo / *faríngeo-buco, etc.

b) Si uno de los constituyentes termina en -o, tiene preferencia para ocupar la primera posición, p. ej., *histórico-cultural, político-moral*, etc.

c) Si uno de los constituyentes tiene menos sílabas que el otro, tiende a aparecer primero, p. ej.: *liberal-progresista, técnicocientífico*,[60] etc.

Por último, conviene señalar que normalmente es el segundo constituyente el que concuerda en género y número con el nombre de la construcción sintáctica en que aparece, mientras el primer elemento se mantiene en masculino, sobre todo si se trata de un elemento temático. Esto, en términos de teoría morfológica, les confiere el estatuto de compuestos.

2) **A-i + A:** esta formación también presenta internamente relación coordinativa, y los compuestos adjetivos que conforman esta estructura son fundamentalmente adjetivos de color *(verdiblanco, albinegro, blanquiazul)*, adjetivos valorativos *(anchicorto, agridulce, tontiloco, clarividente)*, así como los numerales cardinales del 16 al 29 *(dieciséis, veintinueve)* y los ordinales de la serie del 13 al 19 *(decimocuarto, decimotercero)*.

Para configurar compuestos de este tipo, es necesario que

---

60. Estas reglas de preferencia no prevalecen, no obstante, sobre aquellos adjetivos que designan la propiedad de adscripción a grupos políticos o corrientes ideológicas, como nacionalsocialista, nacionalcatólico, etc.

el primer constituyente sea un adjetivo bisilábico paraxítono terminado en vocal, de tal modo que se puede eliminar ésta e insertar la -i de cierre, sin que por eso la base sufra alteración silábica (*blanquiazul / *azuliblanco, rojigris / *grisirrojo*); esto explica el hecho de que no existan compuestos cuyo primer elemento sea una palabra derivada, aunque el segundo constituyente sí pueda serlo (*blanquiazulado / *blanquecinoazul, verdinegro / *verdosonegro*). Hay que hacer notar también que compuestos de este tipo son siempre de estructura binaria, es decir, admiten sólo dos bases adjetivales.

En **chino** el adjetivo compuesto de dos elementos adjetivales comprende un amplio abanico de diversos dominios léxico-semánticos; la estructura de los constituyentes puede ser de tipo coordinativo o subordinativo.

(1) **Coordinativo:** ninguno de los dos constituyentes puede ser calificado como no nuclear, ya que el adjetivo caracteriza al nombre en la construcción sintáctica por la modificación conjunta de las propiedades expresadas por cada uno de sus adjetivos integrantes, p. ej.:

清	白
qīng	*bái*
limpio	blanco
"inocente"	

溫	柔
wēn	*róu*
tibio	suave
"tierno"	

靈	活
líng	*huó*
ágil	móvil
"flexible"	

彎	曲
wān	*qū*
doblado	torcido
"curvado"	

(2) **Subordinativo:** lo más frecuente es que el primer adjetivo determine al segundo, p. ej.,

深	紅
shēn	hóng
oscuro	rojo
"rojo oscuro"	
極	右
jí	yòu
extremo	derecho
"ultraderechista"	

異	常
yì	cháng
distinto	normal
"anormal"	
常	青
cháng	qīng
constante	verde
"perenne"	

(2) N + A o N-i + A

La formación de compuestos adjetivos a partir de un elemento nominal y otro adjetival se puede realizar también de dos maneras, con vocal de enlace o sin ella.

1) **N + A:** este tipo de compuestos no sólo presenta diferencias formales respecto al otro, sino también propiedades muy distintas. Es una formación de un nombre y un adjetivo sin intervención de la vocal -i, y la relación entre ellos depende de la naturaleza del elemento adjetival. Según la observación de Val Álvaro (1999, p. 4818), el segundo constituyente es un adjetivo biargumental, de tal modo que el nombre del compuesto satura uno de los argumentos y el término al que se refiere el compuesto está en correspondencia con el otro, p. ej.,

el país *hispanohablante* = el país (argumento 1) que habla español (arg. 2)

el joven *drogadependiente* = el joven (arg.1) que depende de la droga (arg.2)

Y si el constituyente adjetival es monoargumental, de tal modo que el argumento es saturado por el sustantivo al que modifica el compuesto y su constituyente nominal realiza una modificación restrictiva del adjetivo. Este tipo es muy típico para indicar localizaciones geográficas, p. ej.:

un pueblo *surcoreano*

la crisis *centroeuropea*

2) **N-i + A:** los compuestos adjetivos de esta clase denotan la posesión de una propiedad o cualidad atribuida casi exclusivamente a seres animados, con el elemento nominal haciendo referencia a partes[61] de los mismos y el adjetival, propiedades físicas o abstractas del primer nombre, p. ej.:

referidos a personas: *carirredondo, boquisucio, ojizarco, barbitonto, cabizbajo,*[62] etc.

referidos a animales: *rabicorto, cuellialto, astifino, patialbo,* etc.

En vez del adjetivo, las voces pueden ser compuestas, además, por participios con valor perfectivo, p. ej.: *boquiabierto, alicaído, manirroto, barbiteñido,*[63] etc.

A pesar de que la mayoría de estos compuestos presentan transparencia semántica, no es infrecuente hallar voces cuya interpretación no resulta del significado composicional de sus constituyentes y de la relación que contraen. En este caso, es la metaforización del compuesto la que que se hace cargo de su

---

61. Una restricción importante es que ciertas partes del cuerpo, entre ellas, la "nariz" y la "oreja" no generan compuestos de este tipo.

62. En algunos compuestos, el sustantivo sufre apócope, así, de cabeza, *cabizbajo*, de arista, *arisblanco*, etc. Véase Alemany y Bolufer (1920), op. cit., p. 167.

63. Pero si el participio conserva aún su valor de verbo, los compuestos pertenecen a la clase de los formados por un sustantivos y un verbo, como *cuentadante, mampuesto,* ibid.

interpretación correcta, p. ej.,

manilargo (que tiene largas las manos, [sentido figurado]: aficionado al hurto)

alicaído (caído de alas, [fig.]: triste, desanimado)

cejijunto (que tiene las cejas muy pobladas casi juntas, [fig.]: ceñudo)

lomienhiesto o lominhiesto (alto de lomos, [fig.]: engreído, presuntuoso)

En cuanto al género y al número, indicados por el constituyente adjetival, están en concordancia con el nombre al que modifica el compuesto adjetivo.

Respecto al chino, muchos adjetivos de este tipo están formados por un nombre caracterizado por poseer cierta propiedad y un adjetivo atributivo de dicha cualidad, y el conjunto se puede parafrasear de la siguiente manera: "tan A como N", p. ej.:

冰	冷
bīng	*lěng*
hielo	frío
"glacial"	
雪	白
xuě	*bái*
nieve	blanco
"blanco"	

膚	淺
fū	*qiǎn*
piel	somero
"superficial"	
筆	直
bǐ	*zhí*
instrumento de escribir	recto
"recto"	

Aunque la mayoría de este tipo sea endocéntrico desde el punto de vista semántico, no se excluye la posibilidad de un uso metafórico, dando lugar a compuestos de tipo exocéntrico, p. ej.:

嘴	硬
zuǐ	*yìng*
boca	duro
"reacio a reconocer errores propios, propenso a discutir"	

膽	小
dǎn	*xiǎo*
vesícula biliar	pequeño
"cobarde, que no tiene coraje para nada"	

(3) **Adv. + A**

Este tipo de compuestos está formado, en su gran mayoría, por un adverbio, restringido únicamente a *bien y mal*, y un adjetivo con formas participiales en *-do*, p. ej.: *bienmandado, bienhablado, bienintencionado, maleducado, malpensado, malacostumbrado*, etc.; aunque se hallan igualmente compuestos cuyo constituyente adjetival no es un participio, p. ej., *bienoliente, bienhechor, malgenioso, malsano*, etc.

En todo caso, se trata de construcciones endocéntricas en las que el núcleo es el adjetivo.

Esta estructura también es conocida **en chino**, aunque los adjetivos formados conforme a este esquema son muy limitados, p. ej.,

永	恆
yǒng	*héng*
siempre	duradero
"eterno"	

早	熟
zǎo	*shóu*
temprano	maduro
"precoz"	

非	常
fēi	*cháng*
no	común
"especial"	
特	殊
tè	*shū*
especialmente	diferente
"peculiar"	

現	成
xiàn	*chéng*
ahora	preparado
"hecho"	
上	好
shàng	*hǎo*
en alto grado	bueno
"mejor, superior"	

Los siguientes son combinaciones que se dan sólo en chino:

(4) **A + V**

平	行
píng	*xíng*
horizontal	mover
"paralelo"	
實	用
shí	*yòng*
verdadero	usar
"práctico"	

輕	浮
qīng	*fú*
ligero	flotar
"frívolo"	
私	立
sī	*lì*
privado	fundar
"privado (referido a escuelas)"	

(5) **N + V**

民	主
mín	*zhǔ*
pueblo	presidir
"democrático"	

人	為
rén	*wéi*
hombre	hacer
"artificial, hecho por el hombre"	

祖	傳
zǔ	*chuán*
antepasado	transmitir
"heredado de los antepasados"	

天	生
tiān	*shēng*
cielo	engendrar
"innato"	

(6) A + N

高	級
gāo	*jí*
alto	nivel
"superior"	
幸	運
xìng	*yùn*
bueno	suerte
"afortunado"	

博	學
bó	*xué*
abundante	conocimiento
"erudito"	
雙	邊
shāng	*biān*
dos	lado
"bilateral"	

(7) N + N

人	工
rén	*gōng*
hombre	obra
"artificial"	
官	僚
guān	*liáo*
funcionario	oficial
"burocrático"	

矛	盾
máo	*dùn*
lanza	escudo
"contradictorio, conflictivo"	
神	氣
shén	*qì*
dios	aires
"arrogante"	

4.1.4.4. Otros compuestos yuxtapuestos

Además de formar palabras de categorías gramaticales principales (N., V. y A.) por medio de la composición, ocasionalmente ésta también permite constituir, tanto en español como en chino, término de otras categorías menores, p. ej.,

Adv.:

> *entre* (prep.) + *tanto* (adv.) = *entretanto*
>
> *sobre* (prep.) + *manera* (n.) = *sobremanera*
>
> *así* (adv.) + *mismo* (a.) = *asimismo*
>
> *tan* (adv.) + *bien* (adv.) = *también*
>
> *antes* (adv.) + *ayer* (adv.) = *anteayer*
>
> *como* (conj.) + *quiera* (v.) = *comoquiera*

Adv.:

剛 (adv.)	才 (adv.)
gāng(adv.)	*cái(adv.)*
recientemente	apenas
"hace un momento"	
首 (n.)	先 (adv.)
shǒu(n.)	*xiān(adv.)*
cabeza	primeramente
"primero"	
尤 (adv.)	其 (pron.)
yóu(adv.)	*qí(pron.)*
particularmente	aquello
"sobre todo"	

反 (n.)	正 (n.)
fǎn(n.)	*zhèng(n.)*
reverso	anverso
"de todos modos"	
故 (adv.)	意 (n.)
gù(adv.)	*yì(n.)*
de propósito	intención
"aposta"	

Conjunción: *por* (prep.) + *que* (conj.) = *porque*

con (prep.) + *que* (conj.) = *conque*

aun (conj.) + *que* (conj.) = *aunque*

si (conj.) + *quiera* (v.) = *siquiera*

Conjunción:

因 (n.)	為 (prep.)
yīn(n.)	*wèi(prep.)*
causa	por
"porque"	
如 (conj.)	果 (n.)
rú(conj.)	*guǒ(n.)*
como	resultado
"si, en caso de"	

而 (conj.)	是 (v.)
ér(conj.)	*shì(v.)*
pero	ser
"sino"	
按 (prep.)	照 (adv.)
àn(prep.)	*zhào(adv.)*
según	conforme
"como, conforme"	

Pronombre: *cual* (pron.) + *quiera* (v.) = *cualquiera*

Pronombre:

其 (pron.)	他 (pron.)
qí(pron.)	*tā(pron.)*
él	él
"los otros, los demás"	

某 (adj.)	人 (n.)
mǒu(adj.)	*rén(n.)*
alguno	persona
"alguien"	

4.1.4.5. Sintagmáticos

Con esta denominación nos referimos a aquellos compuestos cuyos constituyentes no han llegado a amalgamarse fonológica y ortográficamente. Este tipo de compuestos se distingue por una serie de rasgos:[64]

a) Cada componente conserva su acentuación originaria.

b) La marca de plural puede presentarse o bien en el núcleo o bien en los componentes.

c) La relación entre los constituyentes puede ser de tres clases:

c.1) **Especificación:** esta relación consiste en que el segundo elemento restringe la extensión del significado del primer elemento, p. ej., *fecha límite*, *momento cumbre*, etc.

c.2)**Identidad:** esta relación se basa en la asignación al elemento modificado de la propiedad indicada por el primer elemento, p. ej., *vale descuento*, *papel moneda*, etc.

c.3)**Adición:** esta relación es la unión copulativa entre los dos elementos, p. ej., *merienda cena*, *reloj contador*, etc. Dentro de los compuestos sintagmáticos, se pueden distinguir dos tipos de estructuras:

(1) **N + N**

Son aquéllos en los que se mantiene la estructura formal de ambos elementos componentes y en los que funcionalmente el segundo sustantivo es una aposición con valor de adjetivo para atribuir una propiedad al primer sustantivo, donde reside el núcleo del compuesto.

Este tipo de formación constituye uno de los procedimientos más

---

64.Ramón Almela Pérez (1999), pp. 150-152.

productivos en español, y da lugar a diversas clases semánticas, entre ellas, citamos las que remiten a:

a) **Lugares:** *bar taberna, salón comedor, despacho alcoba*, etc.,

b) **Oficios:** *chófer mayordomo, empresario autor, actor director,* etc.,

c) **Objetos:** *papel tela, piedra imán, bolígrafo pistola*, etc.,

d) **Entidades:** *casa cuna, casa cuartel*, etc.,

e) **Personas:** *hombre rana, bebé probeta, niño prodigio*, etc.

Es frecuente la existencia de palabras simples de contenido similar al de las compuestas en determinados ejemplos; E. de Bustos Gisbert (1986, p. 209) encuentra voces tanto endocéntricas como exocéntricas (estas últimas muy raras):

Endocéntricas: *casa cuna* (inclusa), *hombre rana* (submarinista, buceador), *pájaro mosca* (colibrí), *pájaro carpintero* (pico), *pájaro niño* (pingüino), *peje diablo* (escorpina), *peje palo* (abadejo), *piedra hierro* (limonita), etc.

Exocéntricas: pez mujer (manatí)

Respecto al género y al número, si el segundo elemento es continuo (no contable), sólo se presenta flexión en el primer miembro, p. ej., *decisión relámpago→decisiones relámpago, cupón obsequio→cupones obsequio*; pero si el segundo elemento es discontinuo (contable), la marca de plural puede expresarse o sólo en el primero o en ambos, p.ej., *despacho alcoba→despachos alcoba / despachos alcobas, perro policía→perros policía / perros policías;* como son compuestos con el núcleo en primera posición, las voces que los modifican tienen que concordar en género con el primer constituyente; esto resulta obvio cuando hay diferencia de género entre los dos elementos integrantes, p. ej., *un pañal braguita seco, una falda pantalón corta.*

Debida a su naturaleza endocéntrica y coordinativa, este tipo de compuestos puede llegar a construirse con más de dos elementos, p. ej., el *maxismo-leninismo-fascismo-castricismo, guionista-director-productor*.[65]

(2) A + N o N + A

Los compuestos sintagmáticos de la construcción de un elemento nominal y otro adjetivo pertenecen, en su mayoría, a la categoría nominal, aunque no es infrecuente encontrarlos como elementos constituyentes en construcciones adverbiales y expresiones preposicionales (*a medias palabras, a puño cerrado, de buena fé, de medio cuerpo*). Según la posición que ocupa el adjetivo en el compuesto, cabe distinguir dos tipos de estructuras:

2.1) A + N

Los compuestos de esta construcción tienen una diferencia cuantitativamente desproporcionada frente a los otros con el orden de constituyentes invertido. Esto se debe a que el español es una lengua de tipo SVO, lo cual significa que la posición habitual del adjetivo especificativo es pospuesta al sustantivo.

Los adjetivos que aparecen en este tipo de compuestos sintagmáticos son fundamentalmente multiplicativos y adjetivos simples, p. ej., *media cuchara, medias tintas, buena sociedad, libre cambio*. A este grupo podemos añadir, además, aquellos que se componen con los determinantes cuantitativos numerales, que antiguamente se consideraban adjetivos, p. ej., *dos palabras, cuatro pulgas, quinta columna*.

Antes de abandonar este apartado, cabe hacer notar que la posición prenominal del adjetivo no comporta una función afectiva o valorizadora, sino que añade una nueva intensión al sustantivo.

---

65. Val Álvaro (1999), p. 4782.

De este modo se crea un concepto unitario en el que el adjetivo pierde sus cualidades opositivas y sus posibilidades de gradación. Esto explica que *Santo Oficio* no pueda oponerse, p. ej., a **Malvado Oficio.* Asimismo, salvo que se haga intencionadamente, los adjetivos del compuesto no permiten la expresión de grado: **Santísimo Oficio.*[66]

2.2) N + A

Esta estructura posee, como hemos anunciado previamente, una gran dimensión léxica. Con el paso del tiempo, muchos sintagmas N + A desembocan finalmente en formaciones compuestas de tipo ortográfico, p. ej.,

cara dura → *caradura*

guardia marina→ *guardiamarina*

Los adjetivos que aparecen en esta construcción son participiales, p. ej., *olla podrida, agua muerta, pan comido, fuerza armada;* adjetivos de color, p. *ej., carta blanca, cuerpo amarillo, sangre azul, oso pardo, té verde,* y adjetivos de distinto tipo, p. ej., *clase media, llave inglesa, círculo vicioso, cinta adhesiva, fuegos artificiales,* etc.

El adjetivo del compuesto concuerda con el primer elemento nominal y tiene una función restrictiva respecto a éste. No obstante, no admite la gradación ni modificación adverbial, p. ej.,

onda corta / *onda cortísima

sangra fría / *sangre increíblemente fría

En cuanto a la flexión de número, se aplica a la derecha del núcleo (el nombre), cualquiera que sea su posición, y el adjetivo concuerda en género y número con él; pero si el compuesto está muy cohesionado y se acerca al yuxtapuesto, se presenta una alternativa:

66.Ibid., p. 4829.

(1) La solución propia del compuesto sintagmático (flexión interna y externa),　p. ej. *guardia marina→guardias marinas, guardia civil→guardias civiles,* o

(2) La solución propia de un yuxtapuesto (sólo flexión externa), p. ej. *guardia marina→guardiamarinas, guardia civil→guardiaciviles.*[67]

(3) **A + A**

Con esta estructura nos referimos a la formación de determinados numerales ordinales (a partir del 21), p. ej., *vigésimo tercero, cuadragésimo séptimo, centésimo primero,* etc.

4.1.4.6. Preposicionales

Otro tipo de compuestos altamente productivo en español se forma uniendo nombres o nombres y verbos a través de un enlace preposicional. De este tipo de compuestos sintagmáticos pueden resultar en ocasiones compuestos yuxtapuestos, a medida que va desapareciendo la estructura sintagmática, p. ej., *telaraña* (tela de araña), *estrellamar* (estrella de mar), *hidalgo* (hijo de alguien).

Este tipo de formaciones presenta los siguientes rasgos:

a)　El compuesto es siempre de carácter nominal.

b)　Cada componente mantiene su acentuación originaria.

c)　La flexión de número se presenta sólo en el primer elemento sin afectar al complemento, p. ej., *libro de registro→libros de registro.* No han de confundirse con casos como *banco de datos, juegos de manos, cajas de ahorros,* en los que la -s del segundo miembro aparece ya en la estructura correspondiente al singular (*un banco de datos, un juego de manos, una caja de ahorros*).

67.Ramón Almela Pérez (1999), p. 151.

d) Dado el valor general de caracterizador del complemento preposicional, éste no puede tener especificaciones determinativas (*pico de oro / *pico del oro, pata de gallo / *pata del gallo, ama de llaves / *ama de las llaves);* sin embargo, se documentan algunos en los que el segundo constituyente aparece determinado (*orden del día, cuerpo del delito, muela del juicio*). El determinado (o núcleo) precede al determinante, situado a la izquierda del compuesto.

e) La preposición más utilizada es *de,* pero no por eso excluye a otras como: *a, con, en, para, por, sobre...,* p. ej., *paso a nivel, café con leche, fabricación en serie, pasta para dientes, televisión por satélite, hockey sobre patines,* etc.

f) En la estructura del tipo N + Prep. + V, el verbo aparece en infinitivo (*botas de montar, aguja de coser, máquina de escribir*).

g) Hay una tendencia acusada hacia las construcciones exocéntricas, sobre todo con referencia a personas, plantas y animales, p. ej.,

cabeza de turco (= persona a quien se suele hacer blanco de las inculpaciones por cualquier motivo o pretexto)

alma de caballo(= persona que sin escrúpulos comete maldades)

culo de mal asiento(= persona inquieta que no está a gusto en ninguna parte)

lengua de estropajo(= persona balbuciente o que habla y pronuncia mal)

ojo de buey (= planta)

diente de león(= planta)

leche de gallina(= planta)

caballito del diablo (= insecto)

oreja de mar (= molusco)

animal de bellota (= cerdo)

La lengua china carece de todo tipo de compuestos sintagmáticos y preposicionales, lo que se ha de achacar a la naturaleza de la misma: cada carácter chino está confinado en un cuadrado imaginario del mismo tamaño, la frontera entre palabras no está marcada por un espacio adicional, y, por último, la mayoría de las voces son bisilábicas (compuestas de dos caracteres); aunque existen términos formados por cuatro e incluso seis caracteres, no obstante, son susceptibles de ser segmentados en varios subcompuestos bisilábicos, p. ej.,

兒	童	樂	園	=	兒	童	+	樂	園
ér	*tóng*	*lè*	*yuán*	=	*ér*	*tóng*	+	*lè*	*yuán*
hijo	niño	alegría	parque		hijo	niño		alegría	parque
"parque de atracciones"					"niño"			"paraíso"	

九	年	義	務	教	育
jiǔ	*nián*	*yì*	*wù*	*jiào*	*yù*
nueve	año	obligación	tarea	enseñanza	educación
"educación obligatoria durante nueve años (de los 6 años a los 15 años)					

=

九 年	+	義 務	+	教 育
jiǔ nián	+	*yì wù*	+	*jiào yù*
nueve año		obligación tarea		enseñanza educación
"nueve años"		"deber"		"educación"

4.1.5. PARASÍNTESIS

El término "parasíntesis" fue consagrado por Darmesteter en 1875 para referirse a los verbos que resultan de una composición y una derivación que actúan conjuntamente sobre un mismo radical.[68] Sobre la base de este concepto, creemos que es conforme a los hechos incluir la parasíntesis, como un mecanismo de formación de palabras, dentro del tipo de la adición, junto a la prefijación, interfijación y composición.

En la elección de los componentes de la parasíntesis, se presenta la alternativa entre la parasíntesis en composición y la parasíntesis por afijación:

(a) Lex + Lex + Suf.

(b) Pref. + Lex + Suf.

aunque la segunda es la más aceptada por los lingüistas.[69] Todas estas formaciones pueden considerarse parasintéticas. Las clases más frecuentes de la palabra resultante son verbos y adjetivos. La parasíntesis actúa principalmente sobre bases nominales y adjetivas.[70]

68.Arsène de Darmesteter (1893), *Traité de la formation des mots composés dans la langue française*, París, Honoré Champion, p. 96 — "Esta clase de composición es muy rica: las palabras que forman, y que reciben el nombre de parasintéticas, ofrecen la particularidad de ser el resultado de una composición y de una derivación que actúan conjuntamente sobre un mismo radical." (traducción de Ramón Almela Pérez (1999), p. 187, nota 1)

69.A esta línea siguen los autores desde Menéndez Pidal (1994), *Manual de gramática histórica española*, hasta estudios recientes como M. F. Lang (1992), *Formación de palabras en español*, con escasísimas excepciones.

70.Es evidente que la parasíntesis tiene efecto transcategorizador. Además de los sustantivos y adjetivos, se documentan casos aislados formados sobre bases adverbiales (*alejar, acercar*) y verbales (*adormecer* de *dormir*), asimismo formaciones sustantivas, p. ej., *unicornio* (uni + cuerno + o, animal mítico), *bicornio* (bi + cuerno + o, sombrero de dos picos), véase Serrano-Dolader (1999), p. 4703 y p. 4742.

Para la delimitación de la parasíntesis verbal, nos servimos de dos criterios de forma complementaria:

(a) La inexistencia en la lengua de las etapas intermedias (*lex + lex / *pref + lex o * lex + suf),

(b) Aun existiendo alguna de las dos, el significado de la palabra resultante se conforma a partir de la base léxica, sea simple o compuesta.

La aplicación combinatoria de ambos criterios nos permite discernir que, p. ej., *destornillar* es parasintético (cuya base es *tornillo* [des + tornillo + ar]), mientras que *desatornillar* no lo es (sino un verbo prefijado cuya base es *atornillar* [des + atornillar]). También podemos considerar que *machihembrar* es parasíntetico (la composición y la derivación se dan simultáneamente sin documentarse segmentos intermedios *machihembra* ni *hembrar*), pero *malhumorar* es derivado del compuesto (a partir de una base preexistente *malhumor*).

En chino, la mayoría de los parasintéticos en composición son trisílabos: las primeras dos sílabas se unen por relación compositiva y la tercera por sufijación [lex + lex + suf]. Hay que resaltar que, dada la alta posibilidad y libertad de combinar dos unidades léxicas (generalmente una unidad léxica corresponde a una sílaba) para formar un nuevo término, son mucho más escasas las formaciones que no cuentan con la existencia del término intermedio (lex + lex) que aquellas cuyo elemento intermedio está posibilitado por la norma.

(1) Formaciones verbales: el sufijo más común para formar verbos parasintéticos es 化 (*huà*) "valor causativo, -izar", p. ej.,

[[國	際]	化]
[[guó	jì]	huà]
internacional		-izar
(composición)		(sufijación)
"internacionalizar"		

[[工	業]	化]
[[gōng	yè]	huà]
industria		-izar
(composición)		(sufijación)
"industrializar"		

[[合	理]	化]
[[hé	lǐ]	huà]
racional		-izar
(comp.)		(suf.)
"racionalizar"		

[[政	治]	化]
[[zhèng	zhì]	huà]
política		-izar
(comp.)		(suf.)
"politizar"		

(2) Formaciones no verbales: los sufijos y las formaciones resultantes son, relativamente, más numerosos, p. ej., 家 (*jiā*) "valor agentivo, -ista", 炎 (*yán*) "inflamación, -itis", 論 (*lùn*) "teoría, -ismo", 室 (*shì*) "habitación, -torio", 性 (*xìng*) "cualidad, -(t/d)ad",

[[收	藏]	家]
[[shōu	cáng]	jiā]
colección		-ista
(comp.)		(suf.)
"coleccionista"		

[[藝	術]	家]
[[yì	shù]	jiā]
arte		-ista
(comp.)		(suf.)
"artista"		

[[關	節]	炎]
[[guān	jié]	yán]
articulación		-itis
(comp.)		(suf.)
"artritis"		

[[口	腔]	炎]
[[kǒu	qiāng]	yán]
cavidad bucal		-itis
(comp.)		(suf.)
"estomatitis"		

[[多	元]	論]
[[duō	*yuán]*	*lùn]*
plural	-ismo
(comp.)	(suf.)
"pluralismo"	

[[辦	公]	室]
[[bàn	*gōng]*	*shì]*
despachar	-torio
(comp.)	(suf.)
"escritorio"	

[[可	行]	性]
[[kě	*xíng]*	*xìng]*
posible	-dad
(comp.)	(suf.)
"posibilidad"	

[[決	定]	論]
[[jué	*dìng]*	*lùn]*
determinación	-ismo
(comp.)	(suf.)
"determinismo"	

[[實	驗]	室]
[[shí	*yàn]*	*shì]*
experimentar	-torio
(comp.)	(suf.)
"laboratorio"	

[[嚴	重]	性]
[[yán	*zhòng]*	*xìng]*
grave	-dad
(comp.)	(suf.)
"gravedad"	

4.2. MODIFICACIÓN

En la modificación es la base la que se altera de algún modo. Los procedimientos de formación de palabras que pertenecen al tipo de modificación (conversión, sustitución, supleción y repetición) tienen un ámbito muy restringido en español y son, salvo el último, poco explotados en chino.

4.2.1. LA CONVERSIÓN

Según la definición de Jesús Pena (1994) la conversión es un proceso morfológico que relaciona temas formalmente idénticos, cuyo significado sólo difiere en cuanto a la clase o subclase de palabras a las que se adscriben. (p.50)

P. ej., CAMBIO DE CLASE:

V→ N   *amanecer → el amanecer*

            cantar→ otro cantar

            demandar→ demanda

            podar→ poda

N → V   *ficha → fichar*

            planta→ plantar

            lija→ lijar

CAMBIO DE SUBCLASE:

no contable→contable

         vino → (un) vino (=un vaso de vino)

         harina → (dos) harinas (=dos paquetes de harina)

V intransitivo→ V causativo

         parar alguien → parar a alguien

         dormir alguien → dormir a alguien

Con lo de "relacionar temas formalmente idénticos" queremos decir no conmutar la vocal del tema de la palabra que se toma como base de la conversión; podemos identificar mejor las palabras donde ocurre el proceso morfológico de la conversión a través de contrastar las siguientes series:

a) *pagar → pago*   b) *pagar → paga*

    bajar → bajo   *bajar → baja*

    marcar → marco   *marcar → marca*

    criar → crío   *criar → cría*

Como se puede observar, el único elemento mórfico que difiere en ambas columnas es la vocal del tema y, de ahí, se distinguen dos procedimientos distintos de derivación: en a) opera el proceso de sustitución (se sustituye la vocal del tema *a* por *o*) y en b) el de conversión (la vocal del tema es la misma en la pareja).

La conversión se concibe, normalmente, como un tipo de proceso derivativo,[71] sin embargo, debida a la ausencia de diferencia cuántica en el significante de la palabra base de derivación y la palabra derivada, resulta problemático a la hora de decidir el sentido de derivación, es decir, ¿cuál deriva de cuál? Basándose en el criterio semántico, se formula la hipótesis[72] de que si el sustantivo es parafraseable por "la acción de V" dicho sustantivo será derivado del verbo, si no, constituirá la base de derivación del verbo, p. ej., *compra* deriva del verbo *comprar* porque es "la acción de *comprar*", *ayuda* es "la acción de *ayudar*"; mientras que *lima* es la base del verbo *limar* porque no es parafraseable por medio de "la acción de V" sino que es "pulir, desbastar, afinar con lima".

En chino, la conversión se trata de un fenómeno de coincidencia de clase de palabras, p. ej.,

V→ N　　祈禱 (*qí dǎo*) "orar" → 祈禱 (*qí dǎo*) "oración"

運動 (*yùn dòng*) "hacer deporte" → 運動 (*yùn dòng*)

---

71. La conversión se denomina también "derivación cero" o "sufijación nula", en torno a las discusiones de las alternativas propuestas, consúltese Jesús Pena (1994): "Formación de palabras: sobre los procesos morfológicos <conversión> y <sustracción>" en *II encuentro de lingüistas y filólogos de España y México*, pp. 50-57.

72. Fue Danielle Corbin (1976) quien formuló esta hipótesis, "Peut-on faire l'hypothèse d'une dérivation en morphologie?" en *Grammaire transformationnelle:* syntaxe et léxique, comp. por J. C. Chevalier, Publications de L'Université de Lille III, pp. 47-91. Cita tomada de Jesús Pena (1991a), pp. 106-107. Corbin apoya esta hipótesis con la prueba de que existen otras formaciones afijadas de la misma clase que el sustantivo y el verbo derivados, p. ej.,
quemar (base) →quema, quemadura

persona (base) →personarse, personificar

"deporte"

> A→ Adv. 簡短 *(jiăn duăn)* "breve" → 簡短 *(jiăn duăn)* "brevemente"
>
> 快 *(kuài)* "rápido"→ 快 *(kuài)* "rápidamente"

> N→ V de cualidad
>
> 潮濕 *(cháo shī)* "humedad"→ 潮濕 *(cháo shī)* "ser húmedo"
>
> 秘密 *(mì mì)* "secreto"→ 秘密 *(mì mì)* "ser clandestino"

4.2.2. LA SUSTITUCIÓN

La sustitución consiste en modificar parcialmente la base de la palabra, y el cambio se puede provocar tanto en fonemas segmentales como en suprasegmentales. Si son segmentales, entonces son vocales o consonantes las que se ven afectadas,[73] p. ej.,

> *saludar (V)→ saludo (N)*
>
> *socorrer (V)→ socorro (N)*
>
> *repartir (V)→ reparto (N)*
>
> *lindar (V)→ linde (N)*
>
> *alambre (N)→ alambrar (V)*
>
> *abanico (N)→ abanicar (V)*
>
> *aparente (A)→ aparentar (V)*

en estos ejemplos se produce un **cambio vocálico** dentro de la base.

Ejemplos de **cambio consonántico** los encontramos en el inglés:

> *life (N) "vida" →live (A) "vivo"*
>
> *loss (N) "pérdida"→lost (A) "perdido"*

73.Jesús Pena (1991a): "La palabra: estructura y procesos morfológicos" en *Verba*, 18, p. 98.

true (N) "verdadero"→truth (N) "verdad"

confident (A) "confiado"→confidence (N) "confianza"

Si la sustitución repercute en fonemas supragmentales, son **el acento y el tono** que se cambian, lo cual trae como consecuencia el cambio de categoría léxica, p. ej.,

CAMBIO DE ACENTO

`contract (N) "contrato"→con`tract (V) "contratar"

`project (N) "proyecto"→pro`ject (V) "proyectar"

`frequent (A) "frecuente" → fre`quent (V) "frecuentar"

`present (A/N) "presente / el presente"→pre`sent (V) "presentar"

CAMBIO DE TONO

好 *hǎo* (A/Adv.) "bueno/bien"→好 *hào* (V) "gustar de"

空 *kōng* (A) "vacío" → 空 *kòng* (V) "vaciar"

處 *chù* (N) "lugar"→處 *chǔ* (V) "encontrarse"

倒 *dǎo* (V) "caer"→倒 *dào* (Adv.) "al revés, hacia atrás"

Otra manera de interpretar la definición de la sustitución es la que ofrece Ramón Almela Pérez (1999, p. 198): según él, la sustitución está sometida a reglas morfoetimológicas. Estas reglas no cambian de una forma a otra. Manifiestan una relación recíproca formal y semántica, pero son derivativamente opacas en la conciencia del hablante. P. ej.,

hombre→humano

mañana→matutino

cuerpo→corporal

leche→lácteo

ojo→ocular

ombligo→umbilical, etc.

4.2.3. LA SUPLECIÓN

Si la base sufre una modificación total, estamos ante el caso de supleción, p. ej., los diferentes tiempos del verbo *ser: somos* (presente), *éramos* (pretérito imperfecto), *fuimos* (pretérito perfecto).[74] En opinión de Almela Pérez (1999, p. 198), la supleción está regida por **reglas exclusivamente etimológicas**. Entre la palabra base y la palabra derivada no hay ninguna transparencia formal pero sí una fuerte relación semántica, lo cual se debe a que dentro de una misma familia léxica no sólo hay series homogéneas de formaciones populares sino también series heterogéneas de formaciones cultas (latinas o griegas),[75] así,

> *juego→lúdico*
>
> *hijo→filial*
>
> *oído→audible*
>
> *cobre→cuprífero*
>
> *bolsa→bursátil.*

En **chino**, la supleción se aplica principalmente en la toponimia, concretamente, en los nombres de las provincias y ciudades chinas. Este mecanismo, junto con el del acortamiento son recursos primarios para producir formas simplificadas de los nombres geográficos. Por medio de la supleción, se crean otros nombres de las mismas (la consecuencia más notable después de esta operación es que los nuevos nombres se quedan más cortos, de una sola sílaba) pero no suplantan a los primeros sino que conviven con ellos. La función de estas nuevas creaciones es combinarse con otras unidades léxicas

---

74.Ejemplos de Jesús Pena (1991a), p. 98.

75.Por lo tanto, Jesús Pena (1994-1995) dice en su "Formación de palabras, gramática y diccionario", en *Revista de lexicografía*, pp. 163-181:
"...el español dispone de dos subsistemas de reglas de formaciones de palabras. De las [...] formaciones supletivas tiene que encargarse el lexicógrafo." (pp. 171-173)

para formar denominaciones relativas a ámbitos muy amplios, tales como: ferrocarriles, organismos administrativos, folklores, dialectos, lagos, montañas, etc., p. ej.,

廣	東 (una provincia sureña de China)
guǎng	dōng
"Cantón"	

a través de la supleción recibe otro nombre 粵 (yuè); de ahí, se acuñan compuestos como

粵	菜
yuè	cài
Cantón	comida
"comida cantonesa"	

del mismo modo,

上	海 (el primer puerto de China)
shàng	hǎi
"Shanghai"	

se conoce también por 滬 (hù), con este nombre se forma el compuesto

滬	劇
hù	jù
Shanghai	ópera
"la ópera regional de Shanghai"	

4.2.4. LA REPETICIÓN (O REDUPLICACIÓN)

Si la modificación consiste en reproducir o repetir formalmente la base, sea por entero o sólo en parte, hablamos de la repetición. A pesar de que en español éste es un procedimiento que apenas se explota, los pocos casos registrados presentan diversas estructuras. R. Almela Pérez distingue cinco tipos de repetición:[76]

1)**Entera:**es la repetición pura, p. ej.,

> *bullebulle* (persona inquieta y entrometida)
>
> *toletole* (chisme)
>
> *al tuntún* (sin cálculo ni reflexión)
>
> *chipichipi* (<América> llovizna)

2)**Apofónica:** es la repetición con alternancia vocálica, p. ej.,

> *chipichape* (i/i→a/e)

o consonántica, p. ej.,

> *tiquismiquis* (t→m)
>
> *trochemoche* (tr→m)

3) **Rimada:** es la repetición donde se producen rimas asonantes o consonantes, p. ej.,

> *chorroborro* (orro→orro)
>
> *ajilimójili* (jili→jili)

4) **Aliterada:** es la repetición de uno o varios sonidos iguales o semejantes en una palabra, p. ej.,

> *chupachup* (chu→chu)
>
> *chacarrachaca* (chaca→chaca)

76.Ramón Almela Pérez (1999), pp. 198-199.

5) **Onomatopéyica:** es la repetición de unos determinados ruidos, p. ej.,

> *tintín*
>
> *chinchín*
>
> *quiquiriquí*
>
> *tururú / turututú.*

En **chino** la reduplicación tiene un uso mucho más extendido. Este procedimiento consiste en la repetición de una palabra (simple o compuesta) para formar otra nueva. Las categorías léxicas de las formas reduplicadas son principalmente verbos, adjetivos, sustantivos y un pequeño grupo misceláneo. Normalmente son las palabras o morfemas monosilábicos los que admiten mejor la reduplicación. A continuación describiremos cada una de ellas.

1) Reduplicación de verbos

Sólo aceptan la reduplicación aquellos verbos de acción que poseen un sujeto agente capaz de controlar la acción. El verbo reduplicado connota la brevedad de la acción (aspecto delimitativo). Las fórmulas más comunes son las siguientes:

1.a) XX:

等	→	等	等	瞧	→	瞧	瞧
děng	→	*děng*	*děng*	*qiáo*	→	*qiáo*	*qiáo*
esperar		esperar	esperar	mirar		mirar	mirar
"esperar"		"esperar un poco"		"mirar"		"mirar un poco"	

1.b) XXY: si el verbo es un compuesto verbo-objeto cuyos componentes son separables, se reduplica sólo el primer componente.

拍	手	→	拍	拍	手
pāi	*shǒu*	→	*pāi*	*pāi*	*shǒu*
golpear	manos		golpear	golpear	manos
"aplaudir"			"aplaudir un poco"		
說	話	→	說	說	話
shuō	*huà*	→	*shuō*	*shuō*	*huà*
decir	palabra		decir	decir	palabra
"hablar"			"hablar un poco"		

1.c) XXYY: este tipo de verbos, al reduplicarse, añade mayor énfasis a la acción indicada.

敲	打	→	敲	敲	打	打
qiāo	*dǎ*	→	*qiāo*	*qiāo*	*dǎ*	*dǎ*
golpear	golpear		golpear	golpear	golpear	golpear
"golpear"			"golpear mucho"			
吵	鬧	→	吵	吵	鬧	鬧
chǎo	*nào*	→	*chǎo*	*chǎo*	*nào*	*nào*
reñir	alborotar		reñir	reñir	alborotar	alborotar
"armar un jaleo"			"armar mucho jaleo"			

Algunos no proceden de la supuesta "base original":

吞			→	* 吞
tūn			→	**tūn*
tragar				tragar
"balbucear"				* "balbucear"

哭	哭	啼	啼	→	*哭	啼
kū	*kū*	*tí*	*tí*	→	**kū*	*tí*
llorar	llorar	llorar	llorar		llorar	llorar
"lloriquear"					*"lloriquear"	

Y, como se puede apreciar, en estos dos últimos ejemplos, se advierte, además, un matiz reiterativo.

1.d) XYXY: si el verbo es un compuesto cuyos componentes no son separables, se reduplica el compuesto entero.

參	觀	→	參	觀	參	觀
cān	*guān*	→	*cān*	*guān*	*cān*	*guān*
"visitar"			"visitar (un poco)"			
檢	查	→	檢	查	檢	查
jiǎn	*chá*	→	*jiǎn*	*chá*	*jiǎn*	*chá*
"revisar"			"revisar (un poco)"			

1.e) XXYZ: las formaciones de este tipo son frases hechas de cuatro sílabas, en chino abundan estos modismos cuatrisílabos de estructura fija pero que encierran brevemente una idea completa.

喃	喃	自	語
nán	*nán*	*zì*	*yǔ*
murmurar	murmurar	sí mismo	hablar
"decirse a sí mismo"			
閃	閃	發	光
shǎn	*shǎn*	*fā*	*guāng*
relampaguear	relampaguear	emitir	luz
"centellear"			

躍	躍	欲	試
yuè	*yuè*	*yù*	*shì*
saltar	saltar	desear	probar
"arder en deseos de hacer algo"			
念	念	不	忘
niàn	*niàn*	*bú*	*wàng*
pensar en	pensar en	no	olvidar
"no dejar de pensar en algo o alguien"			

Es lógico que los verbos compuestos resultativos y los verbos no volitivos no admitan la reduplicación, por la incompatibilidad semántica y funcional que presentan aquéllos con ésta, p. ej.,

V. RESULTATIVO:

看	完	→	*看	完	看	完
kàn	*wán*	→	**kàn*	*wán*	*kàn*	*wán*
leer	terminar		leer	terminar	leer	terminar
"terminar de leer"			*"terminar un poco de leer"			

V. NO VOLITIVO:

迷	路	→	*迷	迷	路
mí	*lù*	→	**mí*	*mí*	*lù*
perder	camino	→	perder	perder	camino
"perder el camino"		→	*"perder un poco el camino"		

2) Reduplicación de adjetivos

Los adjetivos reduplicados pueden usarse como modificadores del nombre o del verbo; en este último caso se comportan como auténticos adverbios de modo. La repetición del adjetivo adquiere una mayor viveza e intensidad que la forma original. Éstas son las fórmulas más frecuentes:

2.a) XX:

短 (A)	→	短 短 (A)
duǎn (A)	→	*duǎn duǎn (A)*
"corto"		"muy corto"

香 (A)	→	香 香 (A)
xiāng (A)	→	*xiāng xiāng (A)*
"oloroso"		"muy oloroso"

深 (A)	→	深 深 (Adv)
shēn (A)	→	*shēn shēn (Adv)*
"profundo"		"muy profundamente"

慢 (A)	→	慢 慢 (Adv)
màn (A)	→	*màn màn (Adv)*
"lento"		"muy lentamente"

2.b) XYY: son construcciones trisílabas; la parte reduplicada describe con mayor fuerza la cualidad del primer constituyente adjetival.

靜	悄	悄
jìng	*qiāo*	*qiāo*
tranquilo	silencioso	silencioso
"muy tranquilo y silencioso"		

軟	綿	綿
ruǎn	*mián*	*mián*
blando	suave	suave
"muy blando y suave"		

A estos ejemplos hay que añadir también muchos otros en los que los elementos reduplicados no poseen un significado preciso o directo con respecto al término entero, y se emplean simplemente por razones eufónicas; las secuencias fónicas más populares son: -溜溜 (-*liu liu*), -洋洋 (-*yáng yáng*), -兮兮 (-*xi xi*), -巴巴 (-*ba ba*), -答答 (-*da da*), -吞吞 (-*tun tun*), etc., p. ej.,

烏	溜	溜
wū	*liū*	*liū*
negro		
"muy negro"		
髒	兮	兮
zāng	*xī*	*xī*
sucio		
"muy sucio"		
羞	答	答
xiū	*dā*	*dā*
vergonzoso		
"muy vergonzoso"		

懶	洋	洋
lǎn	*yáng*	*yáng*
lánguido		
"muy lánguido"		
兇	巴	巴
xiōng	*bā*	*bā*
fiero		
"muy fiero"		
慢	吞	吞
màn	*tūn*	*tūn*
lento		
"muy lento"		

2.c) XXYY: cuando el adjetivo es bisilábico ha de reduplicarse cada sílaba independientemente.

匆	忙	→	匆	匆	忙	忙
cōng	*máng*	→	*cōngg*	*cōngg*	*máng*	*máng*
apresurado	ocupado		apresurado	apresurado	ocupado	ocupado
"precipitado"			"muy precipitado"			
冷	清	→	冷	冷	清	清
lěng	*qīng*	→	*lěng*	*lěng*	*qīng*	*qīng*
frío	silencioso		frío	frío	silencioso	silencioso
"solitario"			"muy solitario"			

No obstante, no todos los adjetivos son extensibles de esta manera, p. ej.,

幼	稚	→	*幼	幼	稚	稚
yòu	*zhì*	→	**yòu*	*yòu*	*zhì*	*zhì*
infantil	pueril		infantil	infantil	pueril	pueril
"inmaduro"						
美	麗	→	*美	美	麗	麗
měi	*lì*	→	**měi*	*měi*	*lì*	*lì*
bello	lindo		bello	bello	lindo	lindo
"bonito"						

ni todos los adjetivos cuentan con la "forma primitiva":

密	密	麻	麻	→	*密	麻
mì	*mì*	*má*	*má*	→	**mì*	*má*
espeso	espeso	poblado	poblado		espeso	poblado
"muy denso, tupido"						

轟	轟	烈	烈	→	*轟	烈
hōng	*hōng*	*liè*	*liè*	→	*hōng*	*liè*
vigoroso	vigoroso	poderoso	poderoso		vigoroso	poderoso
"muy grandioso, extraordinario"						

Las formas reduplicadas de los adjetivos numerales hacen resaltar la noción de multiplicidad:[77]

千	千	萬	萬
qiān	*qiān*	*wàn*	*wàn*
mil	mil	diez mil	diez mil
"miles y miles"			

三	三	兩	兩
sān	*sān*	*liǎng*	*liǎng*
tres	tres	dos	dos
"en grupitos de dos o tres personas"			

2.d) XYZZ:

困	難	重	重
kùn	*nán*	*chóng*	*chóng*
apuro	dificultad	numeroso	numeroso
"lleno de dificultad"			

野	心	勃	勃
yě	*xīn*	*bó*	*bó*
desmesurado	corazón	fuerte	fuerte
"desmesuradamente ambicioso"			

77.En cambio, la repetición en el español tiene un valor intensivo, p. ej., *café café* no significa "mucho café" sino "buen café". Véase J. A. Miranda (1994), p. 42

2.e) XXYZ:

憤	憤	不	平
fèn	*fèn*	*bù*	*píng*
indignado	indignado	no	tranquilo
"muy indignado por alguna injusticia"			

高	高	在	上
gāo	*gāo*	*zài*	*shàng*
alto	alto	estar	arriba
"superior, altanero"			

2.f) X-li-XY: las formaciones con la presencia del infijo 哩 (-li-) se limitan al lenguaje coloquial y se expanden todas a partir del término primitivo XY, que suele significar algo connotado negativamente.

糊	塗	→	糊	哩	糊	塗
hú	*tú*	→	*hú*	*li*	*hú*	*tú*
"confuso, despistado"		"muy confuso, muy despistado"				
小	氣	→	小	哩	小	氣
xiǎo	*qì*	→	*xiǎo*	*li*	*xiǎo*	*qì*
"tacaño"		"muy tacaño"				

3) Reduplicación de sustantivos

Este grupo es cuantitativamente menor que el anterior, pero no quiere decir por eso que sea menos importante. La mayoría de los reduplicados son normalmente nombres de objetos o personas.

3.a) XX:

寶	寶
bǎo	*bǎo*
"bebé"	

太	太
tài	*tài*
"esposa, señora"	

Este tipo se destaca, particularmente, por formar numerosos términos de parentesco en chino, p. ej.,

媽	媽
mā	*mā*
"mamá"	
嫂	嫂
săo	*săo*
"cuñada"	

爺	爺
yé	*yé*
"abuelo"	
叔	叔
shú	*shú*
"tío"	

3.b) XXY: las formaciones de este tipo son nominales cuyos elementos reduplicados pueden ser sustantivos, adjetivos o verbos.

毛	毛	蟲
máo	*máo*	*chóng*
vello	vello	insecto
"oruga, gusano"		
蹺	蹺	板
qiāo	*qiāo*	*băn*
levantar	levantar	tabla
"balancín"		

甜	甜	圈
tián	*tián*	*quān*
dulce	dulce	círculo
"donut"		
泡	泡	糖
pào	*pào*	*táng*
burbuja	burbuja	gominola
"chicle"		

Estos términos no pueden existir en forma no reduplicada.

3.c) **XXYY:** en estos sustantivos reduplicados se desea resaltar la idea de pluralidad o totalidad.

子	孫	→	子	子	孫	孫
zĭ	*sūn*	→	*zĭ*	*zĭ*	*sūn*	*sūn*
hijo	nieto		hijo	hijo	nieto	nieto
"descendientes"			"todos los descendientes"			

風	雨	→	風	風	雨	雨
fēng	*yǔ*	→	*fēng*	*fēng*	*yǔ*	*yǔ*
viento	lluvia		viento	viento	lluvia	lluvia
"tempestad, situación difícil"			"tempestades, situaciones difíciles"			

3.d) **XXYZ:**

事	事	如	意
shì	*shì*	*rú*	*yì*
asunto	asunto	conforme a	deseo
"que todas las cosas salgan conforme a sus deseos"			
步	步	高	昇
bù	*bù*	*gāo*	*shēng*
paso	paso	alto	ascender
"subir de categoría viento en popa"			

4) **Las reduplicaciones misceláneas**

Agrupamos bajo este epígrafe todas aquellas formas que no hemos estudiado hasta ahora.

4.1) **Reduplicación de adverbios**

4.1.a) **XX:**

僅	→	僅	僅		偏	→	偏	偏
jǐn	→	*jǐn*	*jǐn*		*piān*	→	*piān*	*piān*
"sólo"		"sólo"			"intencionadamente"		"intencionadamente"	

4.1.b) **XXYY:**

裏	外	→	裏	裏	外	外
lǐ	*wài*	→	*lǐ*	*lǐ*	*wài*	*wài*
dentro	fuera		dentro	dentro	fuera	fuera
"por todas partes"			"por todas partes"			
完	全	→	完	完	全	全
wán	*quán*	→	*wán*	*wán*	*quán*	*quán*
totalmente	completamente		totalmente	totalmente	completamente	completamente
"completamente"			"completamente"			

4.1.c) **XXYZ:**

草	草	了	事
cǎo	*cǎo*	*liǎo*	*shì*
descuidamente		acabar	asunto
"acabar un trabajo de manera negligente"			
源	源	不	絶
yuán	*yuán*	*bù*	*jué*
ininterrumpidamente		no	agotar
"algo no agota nunca"			

4.2) **Reduplicación de clasificadores o palabras medidoras**

Los clasificadores o palabras medidoras reduplicados aportan el significado de "cada" o "todo".

4.2.a) XX:

天	天
tiān	*tiān*
día	día
"todos los días"	

粒	粒[78]
lì	*lì*
grano	grano
"cada grano (de arroz, p. ej.)"	

4.2.b) XXYY:

分	分	秒	秒
fēn	*fēn*	*miǎo*	*miǎo*
minuto	minuto	segundo	segundo
"cada instante"			
家	家	戶	戶
jiā	*jiā*	*hù*	*hù*
casa	casa	hogar	hogar
"cada familia, todas las casas"			

4.2.c) XXYZ:

斤	斤	計	較
jīn	*jīn*	*jì*	*jiào*
kilo	kilo	contar	medir
"calcular meticulosamente"			

---

78. Citamos un verso chino muy conocido en el cual se alaba al campesino por su trabajo:

當	知	盤	中	飧,	粒	粒	皆	辛	苦
dāng	*zhī*	*pán*	*zhōng*	*sūn,*	*lì*	*lì*	*jiē*	*xin*	*kǔ*
haber de	saber	plato	dentro de	comida	grano	grano	todos	trabajoso	laborioso

Hemos de apreciar la comida (simbolizada por el arroz), pues cada grano implica muchísimo trabajo."

句	句	實	言
jù	*jù*	*shí*	*yán*
clasificador para frase		verdadero	palabra
"todo lo que (alguien) ha dicho es verdad"			

4.3) Reduplicación de términos onomatopéyicos:

4.3.a) XX:

咩	咩
miē	*miē*
"balido"	

喵	喵
miāo	*miāo*
"miau"	

4.3.b) XXX:

咕	咕	咕
gū	*gū*	*gū*
"cloqueo"		

叭	叭	叭
bā	*bā*	*bā*
"ruido del claxon"		

4.3.c) XYXY:

咕	嚕	咕	嚕
gū	*lū*	*gū*	*lū*
"ruido del estómago (por tener hambre)"			

滴	答	滴	答
dī	*dā*	*dī*	*dā*
"tic-tac"			

4.3.d) XXYY:

嘰	嘰	喳	喳
jī	*jī*	*zhā*	*zhā*
"gorjeo, chirrido"			

劈	劈	啪	啪
pī	*pī*	*pā*	*pā*
"palmadas"			

Todas las fórmulas de reduplicación que venimos exponiendo se pueden agrupar en dos tipos básicos:[79] (1) **reduplicación propia** (XX, XXYY, XYXY) y (2) **reduplicación impura** (por la participación de otros elementos léxicos, son XYY, XXY, XYZZ, XXYZ, X-li-XY), y los dos pueden ser estructuralmente (1') recuperables o (2') irrecuperables, p. ej., el término

整	整	齊	齊
zhěng	*zhěng*	*qí*	*qí*
arreglado	arreglado	uniforme	uniforme
"muy bien ordenado"			

deriva de

整	齊
zhěng	*qí*
arreglado	uniforme
"bien ordenado"	

y pertenece, por lo tanto, al tipo de reduplicación propia recuperable; en cambio, el término

偷	偷	摸	摸
tōu	*tōu*	*mō*	*mō*
a hurtadillas	a hurtadillas	a escondidas	a escondidas
"furtivamente"			

es considerado como ejemplo del tipo de reduplicación propia irrecuperable, puesto que no existe la correspondiente forma

---

79. Po-Ching Yip y Xiao-Ming Zhang (1995): "Consecutive reduplication in Chinese" en *Journal of the Chinese language teachers association*, vol. 30, n. 3, pp. 37-53.

primitiva:

*偷	摸
*tōu	mō
a hurtadilla	a escondidas
*"furtivamente"	

Por otra parte, una fórmula trisílaba como:

硬	邦	邦
yìng	bāng	bāng
duro	secuencia fónica sin significado preciso	
"muy duro"		

parte de la forma base 硬 (yìng) "duro" y es de la reduplicación impura recuperable; mientras que otra fórmula como:

娃	娃	魚
wá	wá	yú
bebé	bebé	pez
"salamandra gigantesca (un tipo de pez que emite sonidos parecidos al llanto de un bebé)"		

no se puede reducir a un solo lexema 魚 (yú) "pez" sin que el significado quede incompleto, ni existe la forma "original":

*娃	魚
*wá	yú
bebé	pez
"salamandra gigantesca"	

En los casos de modismos cuatrisílabos de tipo impuro, los

elementos reduplicados son, muchas veces, aislables del resto de la construcción, es decir, XY en la construcción XYZZ, YZ en XXYZ son considerados generalmente las formas básicas de las que derivan los modismos.

En la palabra reduplicada puede producirse un efecto tanscategorizador y/o cambio semántico respecto a la forma base, p. ej.,

ADVERBIO DEVERBAL:

斷	斷	續	續
duàn	*duàn*	*xù*	*xù*
suspender	suspender	continuar	continuar
"intermitentemente"			

ADJETIVO DENOMINAL:

馬	馬	虎	虎
mǎ	*mǎ*	*hū*	*hū*
caballo	caballo	tigre	tigre
"descuidado"[80]			

ADVERBIO DENOMINAL:

時	刻	→	時	時	刻	刻
shí	*kè*	→	*shí*	*shí*	*kè*	*kè*
hora	un cuarto de hora		hora	hora	un cuarto de hora	un cuarto de hora
"hora, momento"			"a cada momento, constantemente"			

---

80. El significado de esta expresión a primera vista parece que no tiene nada que ver con el caballo ni el tigre, pero será comprensible si la interpretamos del siguiente modo: "es una actitud muy descuidada igualar el caballo y el tigre simplemente porque ambos son animales de cuatro patas."

El hecho de que el uso de la reduplicación tenga mucha vitalidad en chino se debe a cuatro factores o motivaciones decisivos: prosódico, sintáctico, semántico y estilístico.

a) **Motivación prosódica:** en chino hay una tendencia considerable a crear voces bisilábicas.

b) **Motivación sintáctica:** a través de la reduplicación se expresa el aspecto delimitativo de un verbo o se logran configurar en unidades autónomas aquellos morfemas o términos dependientes, que por sí solos no pueden formar palabras.

c) **Motivación semántica:** las formas reduplicadas suelen conllevar un tono enfático y una noción de pluralidad e, incluso, pueden diferir en el significado del de la palabra base, p. ej.,

指	點	≠	指	指	點	點
zhǐ	*diǎn*	≠	*zhǐ*	*zhǐ*	*diǎn*	*diǎn*
señalar	indicar		señalar	señalar	indicar	indicar
"instrucción"			"crítica, comentario"			

d) **Motivación estilística:** la reduplicación produce un efecto retórico y añade una mayor intensidad a la cualidad descrita.

Los reduplicados verbales y adjetivales no pueden ser comparados ni modificados por adverbios de grado; los adjetivales no pueden ser negados tampoco por 不 (bu) "no", p. ej.,

*你	家	比	他	家	亂	糟	糟
nǐ	*jiā*	*bǐ*	*tā*	*jiā*	*luàn*	*zāo*	*zāo*
tu	casa	en comparación con	su	casa	caótico	desordenado	desordenado
"Tu casa está más desordenada que la suya."							

輕	→	很	輕	→	*很	輕	輕
qīng	→	hěn	qīng	→	*hěn	qīng	qīng
ligero		muy	ligero		muy	ligero	ligero
"ligero"		"muy ligero"			*"muy ligero"		
胖	→	不	胖	→	*不	胖	胖
pàng	→	bú	pàng	→	*bú	pàng	pàng
gordo		no	gordo		no	gordo	gordo
"gordo"		"no estar gordo"			*"no estar gordo"		

Por último, conviene recordar que no todos los términos pueden reduplicarse; tampoco existe una regla fija que permita distinguirlos.

4.3. SUSTRACCIÓN

El procedimiento de sustracción se puede definir como la operación inversa a la de la adición: ésta consiste en añadir algún elemento a la base de derivación, en la sustracción, por el contrario, se trata de suprimir algún elemento tomando como base de derivación el segmento más largo y produce de esta manera una nueva palabra formalmente inferior a la primitiva.

De este tipo morfológico forman parte la regresión y la abreviación.

4.3.1. LA REGRESIÓN

Es un proceso que se concibe tradicionalmente como operación de desafijación[81] para generar nuevas unidades léxicas sustrayendo

---

81. Frente a la adición, que puede operar por afijación o composición, la sustracción opera sólo como desafijación y apenas como descomposición.

un afijo de la palabra base, p. ej.,

legislador→legislar
deslizar→desliz
perdonar→perdón
trajinar→trajín, etc.

No cabe oponer la sustracción a la adición considerándolas incompatibles dentro de un mismo sistema lingüístico, sino que, en una lengua donde es productiva la afijación, en este caso, el español, se vale de la sustracción como un mecanismo supletorio de la afijación sólo cuando surge algún vacío accidental en las series de derivación por defecto de la afijación.[82]

4.3.2. LA ABREVIACIÓN

La abreviación de palabras puede producirse de dos modos principalmente: si es de carácter fónico, se denomina acortamiento, si es de carácter gráfico, recibe el nombre de abreviatura.

4.3.2.1 El acortamiento

Es un proceso en el que se reduce el cuerpo fónico de una palabra, originando la pérdida de sílabas completas (no de segmentos inferiores). La aparición del acortamiento, junto con los otros procesos abreviativos, se debe fundamentalmente a la economía en el uso del lenguaje; sin embargo, la forma acortada no sufre por eso menoscabo alguno de la intelección del mensaje, ya que la parte omitida por el proceso podrá ser restablecida fácilmente por el oyente. Pero es bien cierto que del acortamiento resulta un cambio en el nivel estilístico y connotativo de la palabra, pues generalmente

---

82.Jesús Pena (1991), p. 113.

el término acortado pertenece a un giro lingüístico informal.[83]

El acortamiento afecta especialmente a sustantivos y, en escala mucho menor, a adjetivos, preposiciones y frases. Este proceso suele darse por **apócope** (eliminación de la parte final), p.ej.,

> *N: colegio→cole, policía→poli, bicicleta→bici*
>
> *A: neurasténico→neura, repetido→repe*
>
> > *Preposiciones: para→ pa*
> >
> > *Frase: por favor →porfa*

rara vez por **aféresis** (eliminación de la parte inicial), p. ej.,

> *N: muchacho→chacho, autobús→bus*
>
> *V: está→tá (p. ej., tá bien)*

o por **síncopa** (supresión de la parte intermedia), p. ej.,

> *Barcelona→Barna*

Sin embargo, con el paso del tiempo, algunas palabras acortadas se lexicalizan y pierden su inicial carácter familiar o jergal, tales como:

> *cinematógrafo / cinema→cine*
>
> *fotografía→foto*
>
> *taxímetro→taxi*
>
> *kilogramo→kilo*
>
> *metropolitano→metro*
>
> *zoológico→zoo, etc.*

Aparte de esto, un amplio campo del acortamiento se da en los **nombres propios,** se conoce también como **formaciones**

83.Manuel Casado Velarde (1999): "Otros procesos morfológicos: acortamientos, formación de siglas y acrónimos", en *Gramática descriptiva de la Lengua Española*, pp. 5077-5096.

hipocorísticas, donde se efectúa por aféresis, apócope, síncopa o mezcla de varios, p. ej.,

> *Beatriz→Bea, Rafael → Rafa, Teresa→Tere (por apócope)*

> *Guadalupe →Lupe, Agustín → Tin, Doroteo →Teo (por aféresis)*

> *Margarita→Márgara, Rodrigo→Rodro, Rufino→Rufo (por síncopa)*

> *Elisa→Lis, Antonio→Toni, Secundino→Cundi (por aféresis y apócope)*

> *Secundino→Cundo, Ismael→Mael (por aféresis y síncopa)*

En **chino,** por comodidad de la brevedad también, se suprime a veces cierto segmento del término sin que por ello el significado quede incompleto, p. ej.,

-Por aféresis:

飛	機	場	→	機	場
fēi	*jī*	*chǎng*	→	*jī*	*chǎng*
volar	aparato	campo		aparato	campo
"aeropuerto"				"aeropuerto"	
大	使	館	→	使	館
dà	*shǐ*	*guǎn*	→	*shǐ*	*guǎn*
grande	embajador	establecimiento		embajador	establecimiento
"embajada"				"embajada"	

-por síncopa:

電	風	扇	→	電	扇
diàn	*fēng*	*shàn*	→	*diàn*	*shàn*
eléctrico	viento	abanico		eléctrico	abanico
"ventilador"				"ventilador"	

郵	政	局	→	郵	局
yóu	*zhèng*	*jú*	→	*yóu*	*jú*
postal	asunto	buró		postal	buró
"Oficina de correos"				"Oficina de correos"	

-Por apócope:

百	科	全	書	→	百	科
bǎi	*kē*	*quán*	*shū*	→	*bǎi*	*kē*
cien	ciencia	completo	libro		cien	ciencia
"enciclopedia"					"enciclopedia"	
注	音	符	號	→	注	音
zhù	*yīn*	*fú*	*hào*	→	*zhù*	*yīn*
anotar	sonido	marca	signo		anotar	sonido
"transcripción fonética tradicional del chino"					"trans. fon. trad. del chino"	

Muchas provincias o ciudades chinas tienen, además del nombre normal, otro nombre acortado (de una sola sílaba) para formar composiciones con otros elementos léxicos, p. ej.,

臺	灣	→	臺	en	臺	語
tái	*wān*	→	*tái*		*tái*	*yǔ*
					Taiwán	lengua
"Taiwán"			"Taiwán"		"el dialecto de Taiwán, el taiwanés"	

香	港	→	港	en	港	幣
xiāng	*gǎng*	→	*gǎng*		*gǎng*	*bì*
					Hong Kong	moneda
"Hong Kong"			"Hong Kong"		"la moneda que circula en Hong Kong"	

4.3.2.2 La abreviatura

La abreviatura se refiere a la reducción gráfica de una palabra o a una agrupación de palabras, conservando la letra inicial y/o algunas otras de la(s) palabra(s) afectada(s). Frente al acortamiento, que es de carácter fonético y, por tanto, no se pronuncia lo eliminado, en la abreviatura se lee la palabra completa antes de su reducción, sin importar el resultado del abreviamiento; no en vano es un fenómeno producido por comodidad gráfica, no fonética.[84]

Según el tipo de la base, cabe distinguir tres clases de abreviaturas:[85]

a) **Simple:** la abreviatura actúa sobre una sola palabra, por apócope, p. ej.,

adjetivo→adj., volumen→vol.,

por síncopa, p. ej.,

compañía→Cía., entresuelo→entlo.,

o por ambos, p. ej.,

kilómetro→km., también→tb.

b) **Doble:**[86] son las que indican la pluralidad de la base mediante

---

84. Alvar Ezquerra y Miró Domínguez (1983), *Diccionario de siglas y abreviaturas,* p. 5

85. Almela Pérez (1999), p. 204.

86. Algunos autores (J. Alberto Miranda, 1994, Manuel Casado Velarde, 1999, Alvar Ezquerra y Miró Domínguez, 1983, etc.) tratan este tipo de formaciones bajo el grupo de siglas, pero estamos de acuerdo con José Martínez de Sousa (1984) en agruparlo dentro de este apartado, razón por la que estas formas abreviadas no se lexicalizan ni transcienden al plano oral del idioma, es decir, se leen las palabras completas y no la representación gráfica, p. ej., *JJ.OO.* se lee Juegos Olímpicos, lo cual es un carácter muy distintivo de este tipo de abreviatura. Alvar Ezquerra y Miró Domínguez (1983) en su *Diccionario de siglas y abreviaturas* dice:
"La distinción entre abreviaturas y siglas — las primeras son fórmulas consagradas en la lengua, y las segundas son nombres propios — queda confirmada por la manera depronunciarlas; mientras que en las primeras se hace explícito su contenido — es una secuencia de reducciones gráficas, en las segundas no, leyéndose sólo su forma. De este modo, se puede afirmar que la abreviatura se convierte en sigla cuando deja

la repetición de la letra con que se expresa la abreviatura, p. ej.,

> *Estados Unidos →EE. UU.*
>
> *Fuerzas Armadas→FF. AA.*
>
> *Sus Altezas Reales→SS. AA. RR.*
>
> *Comisiones Obreras→CC. OO.*

c) **Compuestas:** la base es una fórmula, p. ej.,

> *que en paz descanse→q. e. p. d.*
>
> *que estrecha su mano→q. e. s. m.*
>
> *Dios mediante → D. m.*

Existen, por lo menos, tres puntos diferentes que distinguen claramente la abreviatura de la sigla: en primer lugar, la abreviatura se lee con las palabras completas en vez de con las letras componentes, ya que es un procedimiento de índole gráfica; en segundo lugar, las letras iniciales de la abreviatura suelen aparecer en minúsculas y llevar un punto detrás de cada una letra,[87] y, por último, un mismo término puede corresponder a más de una abreviatura y viceversa, p. ej.,

> *página→p. / pág.*
>
> *s. →siglo / sustantivo /...*

---

de pronunciarse su desarrollo completo, para dar cuenta, nada más, de la forma." (p. 11)

87. El uso del punto final en las siglas está desapareciendo, en parte porque se busca una expresividad que parece deshacerse con la interposición de los puntos, en parte por pura comodidad. Véase Miranda (1994), p. 167.

4.4. COMBINACIÓN

Es un proceso en el que se combina la sustracción con la adición. Los subtipos que pertenecen a este grupo son la acronimia y la sigla, puesto que los dos procedimientos dan como resultado un nuevo producto léxico sumando los elementos previamente reducidos de las palabras primarias,[88] que forman una secuencia lingüística compacta.

4.4.1. LA SIGLA

Por sigla entendemos el"signo abreviativo formado por un conjunto de letras y/o grupos de letras iniciales..., procedente de un sintema discontinuo[89]de uso frecuente y específico, conjunto generalmente sometido a restricciones de tipo económico y/o fónico."[90]

El empleo frecuente y abundante de la sigla se justifica por el principio de economía en los actos del habla y su propósito es evitar la repetición de largas series de nombres sobradamente sabidos en las comunicaciones cotidianas. Casi todas las siglas son de **naturaleza nominal** por su referencia a denominaciones de organizaciones de diversa índole.[91]

88.No es necesario tener en cuenta artículos, preposiciones, conjunciones, etc.

89.Este término se refiere a los compuestos sintagmáticos, a los preposicionales y a otras agrupaciones de palabras que funcionan como un bloque unitario.

90.Traducción de Ramón Almela Pérez (1999), p. 211, nota 62.

91.Sus referentes son principalmente sectores científicos, productos, partidos, uniones, asociaciones, centros, organizaciones, etc.

4.4.2. LA ACRONIMIA

Este proceso, cuya aparición es bastante reciente, se conoce como un tipo de cruces léxicos. Rodríguez González (1989, p. 357) señala que el cruce léxico, entendiendo por tal la fusión o superposición deliberada de dos palabras en un solo lexema, es un recurso lexicogenésico relativamente moderno y prácticamente soslayado en los estudios de lexicología o de formación de palabras.

Insiste, sin embargo, que en un principio la acronimia no fue muy bien acogida entre los lingüistas, pues en el pasado, el fenómeno del cruce fue concebido esencialmente como un proceso fonológico (o morfológico) basado en la analogía y al que se llegaba mayormente por error, de ahí el término despectivo de "contaminación" con que también se le conocía. Las palabras resultantes por lo general se consideraban ilógicas, anómalas, antigramaticales, grotescas y producto de la fantasía. (p. 357)

En chino sucede algo semejante al español, la acronimia es un procedimiento nuevo y creativo, tiene un desarrollo amplio especialmente en los ámbitos periodístico y publicitario. Por medio de la acronimia se producen continuamente denominaciones relativas a todos los campos sociales, tales como la política, el deporte, la administración, la economía, el gentilicio, el transporte, etc., p. ej.,

Combinación de las primeras sílabas de los dos conjuntos:

高	速	鐵	路	→	高	鐵
gāo	*sù*	*tiě*	*lù*	→	*gāo*	*tiě*
alto	velocidad	férreo	vía	→	alto	férreo
"ferrocarril de alta velocidad"					"ferrocarril de alta velocidad"	

外	籍	勞	工	→	外	勞
wài	*jí*	*láo*	*gōng*	→	*wài*	*láo*
extranjero	nacionalidad	trabajador	obrero		extranjero	obrero
"inmigrante obrero"					"inmigrante obrero"	

定	期	存	款	→	定	存
dìng	*qí*	*cún*	*kuǎn*	→	*dìng*	*cún*
fijo	plazo	depósito	dinero		fijo	depósito
"depósito a plazo fijo"					"depósito a plazo fijo"	

健	康	保	險	→	健	保
jiàn	*kāng*	*bǎo*	*xiǎn*	→	*jiàn*	*bǎo*
sano	salud	proteger de	peligro		sano	proteger de
"seguro médico"					"seguro médico"	

教	育	改	革	→	教	改
jiào	*yù*	*gǎi*	*gé*	→	*jiào*	*gǎi*
enseñanza	educación	cambiar	transformar		enseñanza	cambiar
"reforma educativa"					"reforma educativa"	

超	級	市	場	→	超	市
chāo	*jí*	*shì*	*chǎng*	→	*chāo*	*shì*
super	categoría	mercado	espacio		super	mercado
"supermercado"					"supermercado"	

加	利	佛	尼	亞	州	→	加	州
jiā	*lì*	*fó*	*ní*	*yǎ*	*zhōu*	→	*jiā*	*zhōu*
California					estado		Calif.	estado
"California"							"California"	

蘇	維	埃	聯	盟	→	蘇	聯
sū i	*wé*	*āi*	*lián*	*méng*	→	*sū*	*lián*
Soviet			unión	alianza		Soviet	unión
"Unión Soviética"						"Unión Soviética"	

Combinación de las sílabas extremas:

化	學	治	療	→	化	療
huà	*xué*	*zhì*	*liáo*	→	*huà*	*liáo*
química	ciencia	curar	tratar		química	tratar
"quimioterapia"					"quimioterapia"	

歐	洲	聯	盟	→	歐	盟
ōu	*zhōu*	*lián*	*méng*	→	*ōu*	*méng*
Europa	continente	unión	alianza		Europa	alianza
"La Unión Europea"					"La Unión Europea"	

Cuando son formaciones integradas de tres palabras, se combinan la sílaba inicial de las dos primeras y la final de la última:

消	費	者	基	金	會
xiāo	*fèi*	*zhě*	*jī*	*jīn*	*huì*
gastar	dinero	-dor	básico	fondo	organización
"Asociación de Consumidores (=OCU)"					
→	消		基		會
→	*xiāo*		*jī*		*huì*
	gastar		básico		organización
"Asociación de Consumidores (=OCU)"					

奧	林	匹	克	運	動	會
ào	*lín*	*pī*	*kè*	*yùn*	*dòng*	*huì*
Olímpicos				deporte		reunión
"Juegos Olímpicos"						
→	奧		運		會	
→	*ào*		*yùn*		*huì*	
	Olímpicos		deporte		reunión	
"Juegos Olímpicos"						

5. PRÉSTAMOS

La incorporación de palabras procedentes de otras lenguas también constituye una fuente no desdeñable para enriquecer el acervo léxico de una lengua. Muchas veces la introducción de términos extranjeros no está justificada por necesidades lingüísticas sino más bien por razones de índole cultural. Esto está claro si observamos cómo voces autóctonas como *aeroplano, gira, rompecabezas, vestíbulo* ceden poco a poco ante los competitivos extranjerismos *avión* (francés), *tour* (francés), *puzzle* (inglés), *hall* (inglés), respectivamente.

No pocos extranjerismos, una vez asentados y asimilados al sistema fonético de la lengua, se utilizan de forma tan habitual que el hablante pierde la noción de su origen.[92] Según el grado de la integración, cabe hablar de los **préstamos "patentes"** — se refieren a toda forma identificable como voz extranjera, o introducida intactamente o bien adaptada parcial o totalmente a las pautas ortográficas de la lengua adoptiva — y los **no patentes** — son los que se reconocen como formas propias.[93]

Respecto al porcentaje de los préstamos y su frecuencia de uso, Manuel Alvar (1993, *La formación de palabras en español,* p. 10) aporta lo siguiente:

"para el español, las palabras heredadas del latín representan un 23% del vocabulario español, los préstamos un 41%, y las creadas un 35%. Sin embargo, la frecuencia de uso es muy distinta, ya que representan un 81%, 10% y 8% respectivamente, lo cual demuestra que si el léxico heredado no es mayoritario se emplea muchísimo más, por ser patrimonial. Además, al ser el latín mayoritario en los

---

92. J. Alberto Miranda (1994), p. 173.

93. Chris Pratt (1980), *El anglicismo en el español peninsular contemporáneo*, p. 116 y p. 160

préstamos (más del 80%), se afianza como la lengua de la que más palabras hemos tomado (más del 56% de nuestra lengua), a su vez, también, las más usadas. Los préstamos tomados de otras lenguas románicas constituyen un 11% del vocabulario incorporado por esta vía, las voces procedentes del griego un 5%, las del árabe un 2%, y las restantes figuran en unas proporciones menores."

En español, debido a los contactos continuos con otras lenguas por razones geográficas y lingüísticas, los extranjerismos han penetrado por todas las áreas: la vida social, el deporte, el comercio, el arte, la gastronomía, el vestido, la tecnología, etc. Según la estadística de J. J. Alzugaray Aguirre (Diccionario de extranjerismos, 1985, p. 31), las voces de origen extranjero adoptadas en español son, principalmente, inglesas (54,2%), francesas (27,8 %), italianas (8, 4%), alemanas (1,6 %), japonesas (1,1%), portuguesas (0,5%), otras europeas (1,0%), otras asiáticas (0,3%), latinas y griegas (4,6 %). Y, con palabras del mismo autor (p. 39), los sectores más "contaminados" son: el deporte (18,6%), la gastronomía (17,5%), los espectáculos (16,7%), la tecnología (13,2%), la economía (5,2%), el vestido (5,2%), diversos (19,5%), y las generalidades (4,1%). Citamos algunos de los préstamos que han invadido al español:

Anglicismos: cóctel, fútbol, estrés, biftek / bistec, hobby, récord, suéter, tráiler, marketing, catering, comic, film, fan, flas, gánster, gay, máster, parking, penalti, póquer, escáner, esnob, stand, stop, test, miss, etc.

Galicismos: bolsa, entrecot, bricolage, canapé, buffet, beige, debut, élite, affaire, boutique, cassette, chalé, croissant, dossier, restaurán, souvenir, toilette, bulevar, amor, carné, suite, etc.

Italianismos: espagueti, chao, pizza, graffiti, mafia, piano, serenata, camerino, tempo, etc.

Germanismos: leitmotiv, kindergarten, land, cuarzo, níquel, potasa, blindar, etc.

Otros: samba (portugués), nomenclatura, soviet (ruso), karate, yudo (japonés), yogurt (turco), ginseng (tibetano), anorak (esquimal), etc.94

En cuanto al chino, la mayoría de las voces procedentes de otras lenguas se incorporan en tiempos bastante recientes. Esto se debe a que durante las primeras épocas de la historia los países o pueblos con que China tenía contacto eran de cultura inferior a la suya, por lo que no es extraño que los términos que el chino antiguo pudiera tomar de sus vecinos fueran poquísimos. A esta escasez hay que agregar también, por un lado, la gran dificultad de detectarlos si están completamente adaptados a la fonética china y, por otro lado, la imposibilidad de comprobar ahora sus orígenes, pues muchas de las lenguas de donde supuestamente proceden esas voces se han extinguido ya.

En muchos casos, los caracteres chinos que sirven para plasmar esos nuevos conceptos o términos son empleados, simplemente, por su valor fónico para evitar inventar más caracteres.

Seguidamente mencionamos algunos ejemplos cuya procedencia se sabe a ciencia cierta:95

玻	璃
bō	lí
"cristal"	
駱	駝
luò	tuó
"camello"	

菠	蘿
bō	luó
"piña"	
蘋	果
píng	guǒ
"manzana"	

94. J. Alberto Miranda (1994), pp. 173-184

95. B. Kalgren (1923), *Sound and symbol in Chinese.*

Éstos han sido introducidos a partir del sánscrito, en el siglo V. Es evidente su origen extranjero, puesto que todos ellos tienen dos sílabas y son inseparables (conviene recordar que el chino antiguo era monosilábico).

Éstos que siguen son nombres de plantas, animales y productos exóticos; en algunos de ellos ya se ha perdido la conciencia de su origen, p. ej.,[96]

米	蕉	茶
mǐ	*jiāo*	*chá*
"arroz"	"plátano"	"té"

葡	萄
pú	*táo*
"uva" (del mogol, el 200 a. C)	

蘑	菇
mó	*gū*
"champiñón"	

獅
shī
"león" (del persiano)

蜜
mì
"miel" (del latín *mel*)[97]

犬
quǎn
"can" (del latín *canis*)

雁
yàn
"oca salvaje" (del latín *(h)anser*)

Entre los préstamos, muchos términos compuestos han venido por vía del japonés, ya que los japoneses empezaron antes a asimilar la ciencia occidental que los chinos. Frente a las voces tomadas de

96.Paul Kratochvil (1968), *The Chinese language today*, pp. 65-67.

97.La presencia de las palabras del indo-europeo en chino podría explicarse porque ambas lenguas habrían introducido esas voces de alguna tercera lengua no identificable hoy en día.

las lenguas europeas, las palabras del origen japonés se introducen a través de la escritura en vez de la comunicación oral. El chino adopta la palabra escrita y le asigna la representación fonética propia independiente de su pronunciación originaria. Esto es posible por la semejanza morfémica de la escritura, ya que el sistema ortográfico del japonés tiene su base en el chino. Un ejemplo de este tipo de préstamo es: 服務 *(fú wù)* "servicio".

Los préstamos contemporáneos provienen, en su mayoría, del inglés o de otras lenguas occidentales, pero llegan por medio del inglés, p. ej.,

酷	
kù	
"guay" (inglés *cool*)	
摩	登
mó	*dēng*
"moderno"	
起	士
qǐ	*shì*
"queso" (ing. *cheese*)	
瑜	珈
yú	*jiā*
"yuga"	

秀	
xiù	
"espectáculo" (ing. *show*)	
沙	發
shā	*fā*
"sofá"	
卡	通
kǎ	*tōng*
"dibujos animados" (ing. *cartoon*)	
香	檳
xiāng	*bīn*
"champán"	

高	爾	夫
gāo	*ěr*	*fū*
"golf"		

麥	克	風
mài	*kè*	*fēng*
"micrófono"		

熱	狗
rè	*gǒu*
caliente	perro
"perrito caliente" (ing. hot dog)	

光	年
guāng	*nián*
luz	año
"año luz" (ing. light year)	

卡	拉	OK
kǎ	*lā*	*o k*
"karaoke"		

歇	斯	底	里
xiē	*sī*	*dǐ*	*lǐ*
"histeria"			

Un ejemplo excelente del préstamo que satisface tanto el sonido como el sentido de la palabra originaria, se trata de

苦	力
kǔ	*lì*
arduo	fuerza
"trabajo duro, culi" (ing. *coolie*)	

ya que para el chino es muy extraño, y además va en contra del espíritu inherente de la lengua, usar una secuencia meramente fónica carente de significado en cada componente, y resulta muy difícil para el lector chino memorizar una palabra polisilábica representada por una sarta de caracteres que no puede asociar con el significado de cada sonido.

Los recursos principales de los que suele valerse el chino para interpretar los conceptos o expresiones extranjeras son tres:

1) Reproducir el sonido de dicho término con morfemas correspondientes al sistema fonético chino, p. ej., 咖啡 *(kā fēi)* "café";

2) Traducir el significado con palabras propias, ya que el chino no tiene ninguna dificultad de encontrar en su propia lengua equivalentes para nombrar los nuevos productos o tecnicismos introducidos desde fuera, p. ej., 顯 *(xiǎn)* "demostrar" 微 *(wéi)* "diminutivo" 鏡 *(jìng)* "lente", el conjunto 顯 *(xiǎn)* 微 *(wéi)* 鏡 *(jìng)* significa "microscopio";

3) Combinar los dos métodos, como en el caso de *culi*, mencionado anteriormente.

SEGUNDA PARTE

SEGUNDA PARTE [1]

Los 70 radicales chinos en alto rendimiento y su etimología

INTRODUCCIÓN

1. Conceptos básicos de unos términos sobre la escritura china:

"Trazos" 筆畫〔*bǐ huà*〕 "Componentes" 部件〔*bù jiàn*〕 "Radicales" 部首〔*bù shǒu*〕 "Caracteres" 字〔*zì*〕

Cada ideograma de los caracteres chinos está formado por uno o varios elementos constitutivos. Estos son los "componentes" básicos, que al mismo tiempo pueden ser parte integrante de los radicales, o, en ocasiones, también funcionan como radicales; así, por ejemplo, los componentes 宀, y 疒 (que construyen los caracteres como 家 , 教 y 病) sirven como los radicales. A continuación, intentaremos definir los términos de la manera siguiente:

1.1 Los "Componentes":

Son las unidades básicas que componen la construcción morfológica de los caracteres chinos, lo más pequeño se puede reducir a unos trazos, lo más grande puede ser los radicales. Por ejemplo, el carácter 姓 está compuesto por 女 y 生 ; el carácter 名 , por 夕 y 口 , etc.

1.Esta parte ha sido parcialmente publicado en el libro Curso de Escritura China. *Los 70 radicales*. Zaragoza: Prensas Universitarias de Zaragoza, 2008.

1.2 Los"Radicales":

Llamados 部首 〔*bù shǒu*〕, son "claves clasificadoras" que se han servido para la ordenación de los numerosos caracteres por familias etimológicas en la mayoría de los diccionarios tradicionales, de suerte que la complejidad y abundancia de los caracteres puede estar clasificada "rigurosamente lógico y etimológicamente consecuente"2. La fijación del número en 214 es convencional, y variable según los diccionarios del chino simplificado.

1.3 Los "Caracteres":

Respecto al concepto del "carácter" chino, según el diccionario DELC, es la clave léxica de la lengua china, "mínima unidad gráfico-semántica, coincide con el morfema monosilábico de una idea, pero en el lenguaje moderno requiere, de ordinario, combinarse con otros caracteres para formar palabras y expresiones sumamente flexibles, …" (Mateos, pag. iv)

2. Los radicales de prioridad:

El presente Cuaderno de Escritura China incluye más de 70 radicales junto con sus caracteres derivados, formación de palabras y frases idiomáticas, éstos contribuyen los conocidos proverbios chinos. La ordenación y selección de los radicales se pasa principalmente en el estudio del eminente profesor Huang

---

2."La lexicografía china muy pronto supo distinguir entre los elementos significativos de los caracteres y sus resonancias fonéticas; y se sirvió de los semagramas para la catalogación de las numeras grafías y para la compilación de diccionarios". Véanse Fernando Mateos Diccionario Español de la Lengua China. Madrid Espasa-Calpe, 1977, pag. X. (Aplicaremos a continuación la sigla DELC)

Peirong[3]. Su trabajo consiste en analizar las funciones principales de los radicales chinos en cuanto al distinguir, escribir y emplear los caracteres sinenses, que reseñaré en lo siguiente:

Los radicales sirven como "localizadores" o entradas para la mayor parte de los diccionarios chinos convencionales. No obstante, no todos los radicales tienen la misma prioridad en cuanto al valor didáctico de aprendizaje para los alumnos que inician sobre todo su estudio de la escritura china. Por ello, conviene seleccionar los más "rentables", pues contribuyen en un mayor porcentaje tanto en la composición de los caracteres chinos más empleados, como para la formación de las palabras en el chino moderno. En resumen, los tres criterios con que se han valorado para confeccionar el orden de una lista definitiva de los radicales que tienen el valor prioritario en el aprendizaje son los siguientes: Primero, ¿hay un número considerable de caracteres que se han formado por su derivación? Segundo, ¿tras saber escribir estos radicales, servirán para reconocer mejor otros nuevos caracteres? Tercero, ¿será un porcentaje alto los radicales compatibles, que pueden funcionar al mismo tiempo como caracteres individuales, al formar las palabras vigentes?

Según estos criterios, se pueden valorar los siguientes resultados, de ello se origina el listado de nuestro cuaderno:

Los radicales que pueden aplicar a los tres criterios con mayor grado de "intensidad" son en total 40:

(01) 人 (02) 刀 (03) 力 (04) 口 (05) 土 (06) 大 (07) 女 (08) 子 (09) 山 (10) 巾 (11) 心 (12) 戶 (13) 手 (14) 日 (15) 月 (16) 木 (17) 水 (18) 火 (19) 玉 (20) 田 (21) 目 (22) 石 (23) 示 (24) 竹 (25) 米 (26) 耳 (27) 肉

---

3. 黃沛榮著，《漢字教學的理論與實踐》，台北，樂學書局，2006

(28) 衣 (29) 見 (30) 言 (31) 走 (32) 足 (33) 車 (34) 金 (35) 門 (36) 雨 (37) 食 (38) 馬 (39) 魚 (40) 鳥

Los que comparten a dos de los tres criterios son también 40:

(01) 一 (02) 八 (03) 又 (04) 口 (05) 宀 (06) 寸 (07) 小 (08) 工 (09) 广 (10) 弓 (11) 戈 (12) 攴 (13) 斤 (14) 方 (15) 欠 (16) 止 (17) 牛 (18) 犬 (19) 瓜 (20) 疒 (21) 白 (22) 皿 (23) 禾 (24) 穴 (25) 立 (26) 系 (27) 羊 (28) 羽 (29) 舟 (30) 艸 (31) 虫 (32) 行 (33) 角 (34) 貝 (35) 辵 (36) 邑 (37) 非 (38) 阜 (39) 隹 (40) 頁

3. El chino tradicional y el chino simplificado:

Desde varios puntos de vista didáctica, que precisaremos a continuación, sería conveniente que los alumnos hubieran la oportunidad de aprender a la vez tanto el chino tradicional como el chino simplificado. Esta postura puede apelarse a una serie de razones que fundamentan en parte en las explicaciones del profesor Huang:

3.1 En el aprendizaje de algunos caracteres simplificados no podemos recurrir a su origen etimológico, sino a un puro ejercicio memorístico, veamos unos grupos en su forma tradicional y simplificada: 車 y 车 ("coche"); 買 y 买 ("comprar") y 聲 y 声 ("sonido"), etc. (Véanse los radicales de este cuaderno: 車 , 貝 y 耳).

3.2 Al simplificar la escritura china, se duplica el trabajo de escribir algunos radicales como el radical 言 en 警 y 说 ; el 食 en 餐 y 饮 ; el 系 en 緊 紧 y 红 etc. Así, en los radicales siguientes los alumnos tienen que aprender al tiempo otros componentes simplificados, que no existen en el tradicional, ya que conviven las dos formas en el uso.

Chino tradicional	Chino Simplificado
糸	糸、纟
言	言、讠
金	金
食	食、饣

3.3 En el chino tradicional, por ejemplo, una vez que el alumno llegue a dominar los componentes de los caracteres 「幼」「拍」「林」, ya tiene la facilidad para escribir el 樂 ; sin embargo, en el chino simplificado se tiene que aprender más el 乐 . Así mismo, si uno sabe escribir 曲 y 震 del chino tradicional, ya puede combinar sus componentes al『農』, pero en el simplificado hay que aprender otro nuevo carácter creado: 农 .

3.4 Además, el chino simplificado puede dar lugar a confusiones en el uso semántico de las palabras. Es que uno de los criterios que se adopta para simplificar el chino tradicional consiste en el método del "préstamo", sirviéndose de los homófonos, veamos unos ejemplos que en el chino simplificado se emplea el de menos trazos para sustituir el otro: 髮 y 發 里 y 裏 松 y 鬆 復 y 複 , que todos suenan de igual modo que otro, pero que difieren en el significado.

3.5 El chino simplificado ayuda a reducir el número de trazos, pero no favorece la velocidad de la lectura, incluso puede ocasionar una comprensión errónea por la semejanza de sus formas, por ejemplo, en las siguientes frase:

他 是 我 的 故 人　　他 是 我 的 敵 人

→Él es mi viejo amigo / Él es mi enemigo

我 設 法 解 決　　　　　　我 没 法 解 決

→Intentaré solucionarlo / No puedo solucionarlo

4. Breves notas sobre el orden de los trazos

En este aspecto existe cierta polémica en cuanto a un orden riguroso de los trazos, pero si hay unas normas básicas y generalizadas, que son

a.Horizontal→Vertical 十, 土

b.Arriba→Abajo 二, 古

c.Izquierda → Derecha 仁, 則

e. Central→Periférico 小, 水

f. Exterior→Interior 月, 肉

g.Contorno abierto→Interior → Contorno cerrado：回, 日

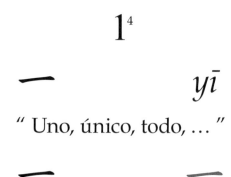

1[4]

一   yī

" Uno, único, todo, … "

Evolución etimológica: Con un trazo horizontal se representaba el número uno.

上	*shàng*	arriba
下	*xià*	abajo
第一	*dì yī*	primero
一五一十	*yī wǔ yī shí*	uno/ cinco/ uno/ diez: contar detalladamente

---

4. En este apartado, seleccionaremos los 70 radicales que contribuyen en un mayor porcentaje tanto en la composición de los caracteres, como para la formación de las palabras en el chino moderno. El orden de la lista confeccionada tiene el valor prioritario en cuanto al valor didáctico de aprendizaje. Primero, expondremos la evolución etimológica de los radicales con sus formas primitivas de la época de Jiaguwen (hace unos 3500 años) en color negro y la forma en color rojo alrededor del 221 a.C. de la dinastía Qin. A continuación, expondremos los ejemplos de derivación y de su formación de palabras; en las ocasiones en que disponemos de documentos fiables explicaremos en las las notas al pie de página la etimología de algunos derivados, pues sirven para proporcionar una información de sumo interés para el aprendizaje. Por último, también se incorporan los proverbios referentes al radical correspondiente en la última parte de ejemplos.

2

人　　(亻)　　*rén*

" Ser humano, hombre o mujer "

Evolución etimológica: Las formas primitivas indican el lado lateral de un cuerpo humano, pues la forma delantera del hombre se emplea para expresar el radical 大   (Véase nº6)

仁 [5]	*rén*	benevolencia, virtud
休 [6]	*xīu*	descansar
大人	*dà rén*	adulto
小人	*xiǎo rén*	ruin
三人成虎	*sān rén chéng hǔ*	tres/ personas/ formar/ tigre: una mentira repetida se convierte en verdad

---

5.Evolución etimológica 亻二 亻二→仁
Una posible explicación sobre su forma primitiva apunta al signo 二 como una señal de repetición y forma por consiguiente dos hombres; y la convivencia entre dos hombres requiere la virtud de "benevolencia". Por lo tanto, este derivado del radical "hombre" representa el trato hacia el otro con simpatía y buena voluntad (Zuo, p.15).

6.Evolución etimológica 休 休→休
Este ideograma compuesto denota la idea originaria de "descansar" mediante la combinación de un hombre junto al árbol.

3

八　　　　*bā*

" Ocho "

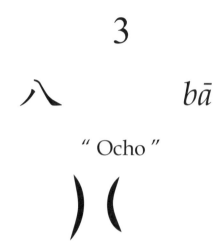

Evolución etimológica: Su forma primitiva indicaba dos trazos en posición contraria y se pasó a significar el número ocho.

六	*liù*	seis
七上八下	*qī shàng bā xià*	siete/ arriba/ ocho/ abajo: estar en vilo. (Proviene de la imagen de cargar de manera desequilibrada el peso sobre el hombro)

4

刀 （刂） *dāo*

" Cuchillo, navaja "

Evolución etimológica: Pictograma de un cuchillo o una hoz antigua

刃 [7]	*rèn*	filo de un cuchillo
利 [8]	*lì*	originalmente significa "segar cosecha de arroz": beneficio, ganancia
剪刀	*jiǎn dāo*	tijeras
笑裡藏刀 （笑里藏刀）	*xiào lǐ cáng dāo*	risa/ interior/ esconder/ cuchillo: esconder el puñal tras una sonrisa; encubrir alguien su mala intención con sonrisas; dar el beso de Judas

---

7. 𠦝 𠛜 → 刃

Evolución etimológica: El ideograma se agrega un punto para indicar el borde agudo del cuchillo.

8. 𥝌 𥝌 𥝌 → 利

Evolución etimológica: En la forma primitiva del Jiaguwen, el signo izquierdo indica la cosecha a la sazón, y el derecho un cuchillo con los puntos que se refieren a las

5

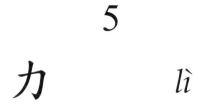

力   *lì*

" Fuerza, poder, esfuerzo, … "

Evolución etimológica: Pictograma de un arado. Para poder labrar la tierra, hace falta la fuerza; por lo tanto, cuando力empezó a denotar "la fuerza", se creó otro crácter pictofonético犁para sustituir el significado del arado. En 犁, su parte inferior nos remonta los albores del empleo de la técnica en el cultivo de la tierra al usar la vaca牛 en el arado; y la parte superior利 configura simplemente su sonido (Zuo, p.58-59).

男 [9]	*nán*	varón
人力	*rén lì*	fuerza humana
力不從心 （力不从心）	lì bù cóng xīn	fuerza/ no/ seguir/ corazón: querer y no poder

---

semillas que se caen, para decir que se siega con el cuchillo. De aquí se derivan sus acepciones de "afilado, agudo, cortante" y "provecho, ventaja, ganancia".

9.勇→男

Evolución etimológica: Este ideograma se compone de dos elementos: el campo cultivado y el instrumento para arar la tierra; con ellos se forma el significado del varón, pues era el hombre quien trabajaba antiguamente en el campo.

6

大 *dà*

" Grande "

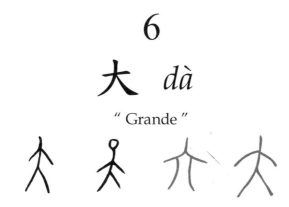

Evolución etimológica: La idea de "grande" se expresa en sus orígenes mediante la parte frontal de un hombre, con sus brazos y piernas abiertas, como el centro del Universo.

天 [10]	*tiān*	cielo
老大	*lǎo dà*	primogénito, jefe de la mafia
大風大浪 （大风大浪）	*dà fēng dà làng*	grande/ viento/ grande/ ola: grandes tempestades en la vida

---

10. 大 大 天 → 天

Evolución etimológica: La raya encima del pictograma 大 señala la cabeza del hombre, pues se sitúa en la parte superior del cuerpo humano; y de esta manera expresa las alturas del cielo.

7

口   kǒu

" Boca "

Evolución etimológica: La boca del hombre

吐	*tǔ*	escupir
人口	*rén kǒu*	población
口紅	*kǒu hóng*	boca/roja: pintalabios
口是心非	*kǒu shì xīn fēi*	boca/ sí/corazón/ no: hipócresía

8

口 *wéi*

" Recinto "

Evolución etimológica: El recinto

囚 [11]	*qiú*	prisionero, preso
國 （国）	*guó*	país

---

11. 囚 囚 ⬚ → 囚
Evolución etimológica: Se puede observar un hombre encerrado dentro de un espacio

9

土 *tǔ*

" Tierra, suelo, barro, … "

Evolución etimológica: Terrón de tierra

坐 [12]	*zuò*	sentarse
土人	*tǔ rén*	nativo, aborigen, primitivo
泥土	*ní tǔ*	barro
寸土寸金	*cùn tǔ cùn jīn*	pedazo de suelo/ pedazo de oro: milla de oro.

12.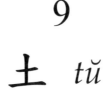
Evolución etimológica: dos personas sentadas en el suelo

10

女 *nǚ*

" Mujer "

Evolución etimológica: Una mujer pone sus manos cruzadas encima de las rodillas, dobladas y apoyadas en el suelo, y el cuerpo descansa sobre ellas; todo ello simboliza como señal de respeto y veneración.

好 [13]	*hǎo*	bueno/ a, bien
媽 （妈）	*mā*	madre
女友	*nǚ yǒu*	mujer/ amigo: novia
美女	*měi nǚ*	hermosa mujer
牛郎織女 （牛郎织女）	*niú láng zhī nǚ*	vaquero/ tejedora: enamorados

---

13. 𤔲 𤔲 → 好

Evolución etimológica: Se puede observa una mujer junto con un niño para representar el sentido de "bueno".

11

子 *zǐ*

" Hijo/a, niño/a, … "

Evolución etimológica: Pictograma de un niño

孝 [14]	*xiào*	amor filial, respeto a los mayores
字	*zì*	escritura
王子	*wáng zǐ*	príncipe
桌子	*zhuō zi*	mesa
正人君子	*zhèng rén jūn zǐ*	hombre recto y justo, virtuoso

14. → 孝
　　Evolución etimológica: Se puede observar un niño debajo de una persona mayor para
　　representar la idea del amor filial.

12

宀 *mián*

→ aporta el sentido de "techo, hogar, … "

Evolución etimológica: Parte superior de un edificio, o de cualquiera de las estancias que lo componen.

安 [15]	*ān*	paz
家 [16]	*jiā*	casa, familia

---

15. 𤔲𤔲𤔲→安
Evolución etimológica: Se observa una mujer dentro de un hogar para representar la idea de "sosiego, tranquilidad, paz".

16. 𤔲𤔲 𤔲→家
Evolución etimológica: Se puede observar un cerdo dentro de una casa para representar el sentido de "familia, hogar".

13

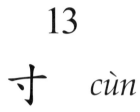

寸   *cùn*

" Pulgada "

Evolución etimológica: La distancia desde el centro de la mano hasta la muñeca donde se toma el pulso

付	*fù*	pagar
尺寸	*chĭ cùn*	talla, medida
寸步不離 （寸步不离）	*cùn bù bù lí*	pulgada/ paso/ no/ separar: inseparables

14

小   *xiǎo*

" Pequeño "

Evolución etimológica: Tres puntos, que simbolizan cosas pequeñas

少	*shǎo*	poco, faltar
尖	*jiān*	punta, agudo/ a, afilado/ a
小心	*xiǎo xīn*	pequeño/ corazón: cuidado, atención
小說 （ 小说 ）	*xiǎo shuō*	novela
因小失大	*yīn xiǎo shī dà*	por pequeño beneficio, se llega a perder grandemente

15

山　*shān*

" Montaña "

Evolución etimológica: Pictograma de una montaña ▲▲▲

岩	*yán*	roca
火山	*huǒ shān*	volcán
冰山	*bīng shān*	iceberg
愚公移山	*yú gōng yíshān*	hombre/ necio/ mover/ montaña: la fé mueve montañas

16

工   *gōng*

" Herramienta, trabajo "

Evolución etimológica: Antigua escuadra de carpintero

巧	*qiǎo*	destreza, habilidad
工人	*gōng rén*	trabajador
工作	*gōng zuò*	trabajo
士農工商 （士农工商）	*shì nóng gōng shāng*	letrado/ agricultor/ artesano/ comerciante: orden de importancia de los oficios tradicionales, actualmente se usa para referirse a todos tipos de profesiones

17

巾 *jīn*

" Toalla, pañuelo, … "

Evolución etimológica: Un pañuelo que está desplegado.

布	*bù*	tela
帆	*fán*	vela de barco
毛巾	*máo jīn*	toalla
桌巾	*zhuō jīn*	mesa/ pañuelo: mantel
巾國英雄 （ 巾国英雄 ）	*jīn guó yīng xióng*	heroína nacional

18

弓 *gōng*

" Arco "

Evolución etimológica: Un arco aunque no se conoce si la forma primitiva está tensado por una cuerda.

引	*yǐn*	tirar, arrastrar, guiar, conducir
彈弓 （弹弓）	*dàn gōng*	tirachinas
杯弓蛇影	*bēi gōng shé yǐng*	taza/ arco/ serpiente/ sombra (referencia histórica sobre el cuento de la sombra de un arco que proyecta en el vaso la imagen de una serpiente): temor infundado

19

心 （忄） *xīn*

" Corazón "

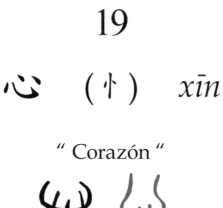

Evolución etimológica: El corazón del hombre

忘	*wàng*	olvidar
忍	*rěn*	aguantar, tolerar
性	*xìng*	naturaleza, sexo
心血	*xīn xiě*	corazón/ sangre: trabajo de mucho esfuerzo
灰心	*huī xīn*	gris/ corazón: triste, desanimado
心如止水	*xīn rú zhǐ shuǐ*	corazón/ como/ parar/ agua: apático, sin ilusión

20

戈 *gē*

" Alabarda "

Evolución etimológica: Pictograma de arma antigua para ir a la guerra

我	*wǒ*	yo
國 [17] (国)	*guó*	país
干戈	*gān gē*	escudo y lanza; armas
大動干戈 （ 大动干戈 ）	*dà dòng gān gē*	conflicto armado

17. 可 可 或 國 → 國

Evolución etimológica: Una posible explicación apunta a que la boca representa la población y el conjunto dentro de este ideograma compuesto simboliza la idea de que el pueblo defiende su territorio con la alabarda.

21

户 *hù*

" Familia, hogar, … "

Evolución etimológica: Cada una de las hojas de una puerta

房	*fáng*	vivienda, cuarto
窗戶	*chuāng hù*	ventana
開戶 （开户）	*kāi hù*	abrir/ hogar: abrir cuenta corriente
家家戶戶	*jiā jiā hù hù*	casa/ casa/ hogar/ hogar: todas las familias

22

手 *shǒu*

" Mano "

Evolución etimológica: Una mano

打 [18]	*dǎ*	pegar, golpear
扶	*fú*	sostener, sujetar, ayudar
人手	*rén shǒu*	hombre/ mano: mano de obra
分手	*fēn shǒu*	separar/ mano: romper relación
手舞足蹈	*shǒu wǔ zú dào*	mano/ bailar/ pie/ bailar: dar saltos de alegría

---

18. 手介→打

Evolución etimológica: Se puede observa en el lado izquierdo una mano que golpea un
    clavo.

23

支 （攵）　*p*

→ aporta el sentido de " atacar,
golpear, … "

Evolución etimológica:　Una mano coge una rama para golpear

敬	jìng	respetar, honrar
教 [19]	jiāo	educar, enseñar

---

19.  →教

Evolución etimológica: Tanto las formas primitivas en negro como las formas en rojo de la dinastía Qin se observa un niño en el lado izquierdo inferior y una mano en la derecha sosteniendo un palo para representar el concepto tradicional de educar a los niños castigándolos.

24

斤 *jīn*

" Libra china, kilo "

Evolución etimológica: Pictograma de una hacha antigua

斧	*fǔ*	hacha
公斤	*gōng jīn*	kilo
半斤八兩 （半斤八两）	*bàn jīn bā liǎng*	medio/ kilo/ ocho/ liǎng (medd. de peso = 37'301 gr.) : "dijo la sartén al cazo"; tal para cual

25

日 *rì*

" Sol, día "

Evolución etimológica: Pictograma del sol. Denota "un día" en sentido figurado.

旦 [20]	*dàn*	amanecer
明	*míng*	iluminado, claridad
昨日 / 昨天	*zuó rì (zuó tiān)*	ayer
今日 / 今天	*jīn rì (jīn tiān)*	hoy
明日 / 明天	*míng rì (míng tiān)*	mañana
偷天換日 （偷天換日）	*tōu tiān huàn rì*	robar/ cielo/ cambiar/ sol: perpretar un gran fraude

20. ☉ 旦 日 →旦
Evolución etimológica: Se puede observa el sol se levanta en el horizonte.

26

月 *yuè*

" Luna, mes"

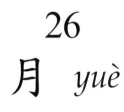

Evolución etimológica: Pictograma de la luna.

朝	*zhāo*	alba
月亮	*yuè liàng*	luna (brillante)
月下老人	*yuè xià lǎo rén*	casamentero

27

木 *mù*

" Árbol, madera "

Evolución etimológica:　Pictograma de un árbol con sus ramas, tronco y raíces.

果 [21]	*guǒ*	fruto
林	*lín*	bosque
木片	*mù piàn*	madera plana, tabla de madera
入木三分	*rù mù sān fēn*	penetrar/ madera/ tres/ centímetro: observación o punto de vista penetrante de una persona

---

21. 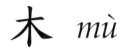→果
Evolución etimológica: Se puede observa las frutas en el arbol.

28

止 *zhǐ*

" Detenerse, parar, … "

Evolución etimológica:Su forma Jiaguwen parece un pie. Se amplió posteriormente su significado a "parar" .

步	*bù*	paso
止咳	*zhǐ ké*	parar/ tos
望梅止渴	*wàng méi zhǐ kě*	observar/ ciruela/ parar/ sed: apagar la sed pensando en ciruelas; consolarse con vanas esperanzas; vivir de imaginaciones

29

水　（氵）　*shu*i

" Agua "

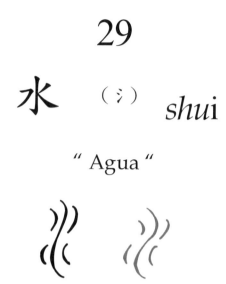

Evolución etimológica:　Agua corriente

汗	*hàn*	sudar
河	*hé*	río
水果	*shuǐ guǒ*	fruta
山水	*shān shuǐ*	montaña/ agua: paisaje
水落石出	*shuǐ luò shí chū*	agua/ bajar/ piedra/ salir: cuando el agua baja, emergen las peñas del río: acabar por esclarecerse la verdad; se aclaran los hechos

30

火 (灬) *huǒ*

" Fuego "

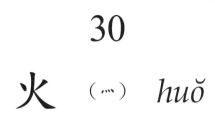

Evolución etimológica: Pictograma de la llama del fuego

炎[22]	*yán*	caluroso, tórrido
焦	*jiāo*	quemado, preocupado
火花	*huǒ huā*	fuego/ flor: chispa
失火	*shī huǒ*	perder/ fuego: encenderse, incendiarse
火上加油	*huǒ shàng jiā yóu*	fuego/ arriba/ añadir/ aceite: echar aceite al fuego

22.
Evolución etimológica: Se puede observa la imagen de dos fuego.

31

牛 （牛） *niú*

" Vaca "

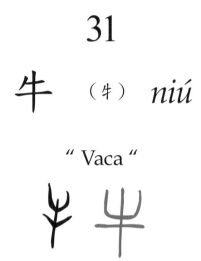

Evolución etimológica: La cabeza de una vaca

牢 [23]	*láo*	cárcel, prisión
牧	*mù*	pastar
牛排	*niú pái*	vaca o ternera/ fila: bistec, filete de vaca o ternera
吹牛	*chuǐ niú*	soplar/ vaca: fanfarrón
九牛一毛	*jiǔ niú yì máo*	nueve/ vaca/ un pelo: una gota de agua en el océano, algo insignificante

23. 𡨄 𡨄 → 牢

Evolución etimológica: Se expresa originalmente una vaca encerrada dentro de su establo y se extiende posteriormente a significar el sentido de "la cárcel".

32

犬 （犭） *quǎn*

→ aporta el sentido del "animal"

Evolución etimológica: Pictograma de un perro

狗	*gǒu*	perro
獅	*shī*	león
小犬	*xiǎo quǎn*	pequeño/ perro: cachorro, (se usa también de forma humilde para referirse al hijo)
雞犬不寧 （鸡犬不宁）	*jī quǎn bù níng*	gallo/ perro/ no/ tranquilo: alboroto general, como perros y gatos

33

玉 （王） *yù*

" Jade, precioso, … "

丰 王

Evolución etimológica: Una sarta de piedras de jade.

理	*lǐ*	(tallar o pulir el jade siguiendo sus vetas): razón; lógica; poner en orden; arrglar
玉手	*yù shǒu*	jade/ mano: mano femenina hermosa
玉體 （玉体）	*yù tǐ*	jade/ cuerpo: cuerpo femenino
如花似玉	*rú huā sì yù*	como/ flor/ como/ jade: ser como flor como jade para referirse a una mujer hermosa

34

瓜 *guā*

" Cucurbitáceas: melón, calabaza, pepino, … "

Evolución etimológica: Pictograma de cucurbitácea, p. ej., la calabaza, el melón, el pepino y la balsamina.

瓣	*bàn*	segmento de fruta (raja de melón, gajo de naranja, pétalo de flor, diente de ajo)
瓜子	*guā zi*	semillas, pepitas
西瓜	*xī guā*	sandía
種瓜得瓜 （种瓜得瓜）	*zhòng guā dé guā*	sembrar/ cucurbitácea/ conseguir/ cucurbitácea: se recoge lo que se siembra

35

田 *tián*

" Campo cultivado "

Evolución etimológica: Campo cultivado[24]

苗	*miáo*	brote
稻田	*dào tián*	campo cultivado de arroz
瓜田李下	*guā tián lǐ xià*	Ni en un melonar te arregles los zapatos, ni bajo un ciruelo endereces el sombrero: viene a aconsejarnos que no demos lugar a sospechas.

---

24. 苗 →苗

Evolución etimológica: Se puede observar hojitas recién salidas del campo cultivado para expresar la imagen de los brotes.

36

疒   *chuáng*

→ aporta el sentido de "enfermedad".

Evolución etimológica: Pictograma de una cama con un enfermo encima . Posteriormente pasó a contribuir el significado relacionado con la enfermedad.

病	*bìng*	estar enfermo
痛	*tòng*	dolor

37

"Color blanco; entender con claridad, … "

Evolución etimológica: Según el diccionario Xi shuo han zi las formas primitivas contienen en su interior una llama de fuego, que representaban etimológicamente la claridad o iluminación. Después se extendió su sentido: "Hacer inteligible algo, ponerlo en claro, explicarlo".

皇	huáng	soberano, emperador
百	bǎi	cien
白天	bái tiān	día
明白	míng bái	comprender
不明不白	bù míng bù bái	no/ iluminación/ no/ claridad: no entender nada

38

皿 *mǐn*

" Recipiente, utensilio "

Evolución etimológica: Pictograma de un recipiente

盆	*pén*	maceta, palangana
盒	*hé*	caja
器皿	*qì mǐn*	recipiente, utensilio

39

目　*mù*

" Ojo, vista, … "

Evolución etimológica:　Pictograma de los ojos

眉	*méi*	ceja
看	*kàn*	ver, mirar
盲	*máng*	ciego
盲目	*máng mù*	a ciegas, sin reflexionar
目中無人 （目中无人）	*mù zhōng wú rén*	ojo/ centro/ no/ hombre "en su ojo no ve a nadie": desdeñoso, creerse superior.

40

石　shí

" Piedra "

Evolución etimológica: Su forma primitiva podría ser una piedra al lado de un barranco.

碗	*wǎn*	tazón
石油	*shí yóu*	piedra/aceite: petróleo
石頭 （石头）	*shí tou*	piedra, roca
一石二鳥 （一石二鸟）	*yì shí èr niǎo*	una/ piedra/ dos/ pájaros: matar dos pájaros de una pedrada, o de un tiro.

41

示　（礻）　*shì*

"Mostrar; manifestar, dar a conocer; informar; … "

Evolución etimológica: El altar donde se celebran ritos religiosos como sacrificios, ofrendas, etc. Posteriormente toma el significado de "mostrar, exponer…". Sus caracteres derivados tienen, en su mayoría, vínculo con la adoración y rituales religiosos, así como 福 神 祭…[25]

祥	*xiáng*	buen augurio
祭	*jì*	ofrendar, adorar a los dioses, celebrar una ceremonia conmemorativa
福	*fú*	buena suerte, felicidad, bendición
表示	*biǎo shì*	mostrar, expresar, exteriorizar
示威遊行 （示威游行）	*shì wēi yóu xíng*	mostrar/ imponente/ desfile: manifestación

---

25. 祥 祥 →祥

Evolución etimológica: Se observa una oveja en el lado derecho como sacrificio en el altar del lado izquierdo 示 para expresar el deseo de pedir el buen augurio.

42

禾 *hé*

"Planta del arroz"

Evolución etimológica: Se parece a los brotes de arroz con espiga.

秋	*qiū*	arroz+fuego, otoño
禾苗	*hé miáo*	brotes de arroz

43

穴　*xuè*

" Cueva "

Evolución etimológica:　Forma de una cueva

窗	*chuāng*	ventana
洞穴	*dòng xuè*	agujero, cueva

44

立 *lì*

" De pie, lenvantarse, … "

Evolución etimológica: Un hombre puesto en pie.

站	*zhàn*	estar de pie
公立	*gōng lì*	público
私立	*sī lì*	privado
坐立不安	*zuò lì bù ān*	sentado/ de pie/ no/ paz: no hallar paz ni de pie ni sentado; estar inquieto; estar sobre brasas

45

竹 *zhú*

" Bambú "

Evolución etimológica: Troncos de bambú con hojas

笛	*dí*	flauta de bambú
箱	*xiāng*	caja grande, baúl
竹子	*zhú zi*	bambú
胸有成竹	*xiōng yǒu chéng zhú*	pecho/ tener/ terminado/ bambú: tener en el seno ya preparados los bambúes (antes de pintarlos); tener un plan predefinido, estar confiado

46

米 *mǐ*

" Arroz "

Evolución etimológica: Granos del arroz

粒	*lì*	granos
糖	*táng*	azucar
糖果	*táng guǒ*	caramelo
玉米	*yù mǐ*	maíz
柴米油鹽 （柴米油盐）	*chái mǐ yóu yán*	leña/ arroz/ aceite/ sal: artículos de primera necesidad; vida monótona

47

羊 *yáng*

" Oveja, cordero "

Evolución etimológica:　Forma de la cabeza de la oveja

美	*měi*	Precioso/ a
羣 [26]	*qún*	rebaño
山羊	*shān yáng*	cabra montesa
羊入虎口	*yáng rù hǔ kǒu*	oveja/ entrar/ tigre/ boca: situación de peligro

---

26. 羣 → 羣

Evolución etimológica: Este ideograma es un ejemplo del origen pictofonético, puesto que está compuesto por el radicar 羊 ,que aporta el sentido de "oveja", y por la parte superior 君 , que aporta la pronunciación antigua.

48

羽 *yǔ*

" Pluma "

Evolución etimológica: Las plumas del ave

翅	*chì*	ala (de pájaro)
翼	*yì*	ala de avión, aleta de pez
羽毛	*yǔ máo*	pluma (uso común)
羽球	*yǔ qiú*	pluma/pelota: badminton
吉光片羽	*jí guāng piàn yǔ*	suerte/ rayo de luz/ (piàn actúa de clasificador)/ pluma: pluma de caballo mitológico para simbolizar "fragmento de una obra maestra"

49

耳 *ěr*

" Oreja "

Evolución etimológica: Pictograma de una oreja

聲 （声）	*shēng*	voz, sonido
聽 （听）	*tīng*	oír, escuchar
耳朵	*ěr duo*	oreja
掩耳盜鐘 （掩耳盜钟）	*yǎn ěr dào zhōng*	tapar/ oreja/ robar/ campana: engañarse a sí mismo

50

肉　（月）　*ròu*

" Carne "

Evolución etimológica: Forma de un trozo de carne

肝 27	*gān*	hígado
胃 28	*wèi*	estómago
肉食	*ròu shí*	carne/ alimentar: carnívoro
果肉	*guǒ ròu*	fruta/ carne: pulpa
酒肉朋友	*jiǔ ròu péng yǒu*	alcohol/ carne/ amigos: amigotes, amigos de juerga, amigos en buenos tiempos

27. Este caracter chino es del origen pictofonético de la escritura china, quiere decir que el radical 月 indica el concepto de ser una parte del cuerpo y el componente derecho 干 representa la sílaba gan.

28. 🦴 → 胃
Evolución etimológica: Este ideograma de la dinastía Qin se compone de dos partes, la parte inferior es el radical 月 y la superior expresa la idea de contener comida dentro del estómago. En la escritura china, la mayoría de las partes del cuerpo humano contiene este radical.

51

舟   *zhōu*

" Barca "

Evolución etimológica: Pictograma de una barca

船	*chuán*	barco
龍舟 （ 龙舟 ）	*lóng zhōu*	dragón/ barco de las famosas regatas de primavera
刻舟求劍 （ 刻舟求剑 ）	*kè zhōu qiú jiàn*	grabar/ barca/ buscar/ espada: (referencia proverbial de grabar una señal en un lado del barco para indicar el sitio donde la espada ha caído en el río) tomar medidas sin considerar los cambios por venir

52

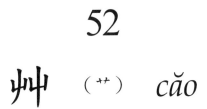

艸 (⁺⁺) *cǎo*

" Hierba "

Evolución etimológica: Simboliza las hierbas

花	*huā*	flor
茶	*chá*	té
草地	*cǎo dì*	hierba/ tierra: prado
草木皆兵	*cǎo mù jiē bīng*	hierba/ árbol/ todos/ soldados: miedos imaginarios

53

虫 *huǐ*

" Insecto, gusano, reptil, … "

Evolución etimológica: Pictograma de una serpiente

蛇	*shé*	serpiente
蛙	*wā*	rana

54

行 *xíng*

" Marchar, avanzar, andar, … "

Evolución etimológica: El cruce de dos caminos. Por extensión semántica, pasó a significar posteriormente "andar"

街	*jiē*	calle, avenida
行李	*xíng lǐ*	equipaje, maleta
行動 （行动）	*xíng dòng*	actuación, movimiento
三思而行	*sān sī ér xíng*	tres/ pensar/ luego/ actuar: pensar tres veces antes de actuar; reflexionar bien antes de obrar

55

衣 （礻）　*yī*

" Ropa "

Evolución etimológica: Forma de una túnica antigua

袖	*xiù*	manga
褲 （裤）	*kù*	pantalón
衣服	*yī fú*	prenda
大衣	*dà yī*	abrigo, ropa grande
食衣住行	*shí yī zhù xíng*	comida/ vestido/ vivienda/ transporte: necesidades básicas

56

見 *jiàn*

" Ver, mirar, ... "

Evolución etimológica: Alquien mira enfrente

觀 （ 观 ）	*guān*	observar
視 （ 视 ）	*shì*	ver, mirar
見面	*jiàn miàn*	ver cara, encontrarse con alguien
一見鍾情 （ 一见钟情 ）	*yí jiàn zhōng qíng*	uno/ ver/ fuerte/ sentimiento: flechazo

57

角 *jiǎo*

" Cuerno "

Evolución etimológica: Los cuernos del animal

解	*jiě*	descuartizar, separar, partir, disolver
角色	*jiǎo sè*	rol, papel, personaje
主角	*zhǔ jiǎo*	protagonista
鑽牛角尖 （钻牛角尖）	*zuān niú jiǎo jiān*	taladrar/ vaca/ cuerno/ punto: meterse por el pitón del buey; buscar tres pies al gato

58

言 → 讠 [29] *yán*

" Palabra "

Evolución etimológica:Se interpreta generalmente su forma primitiva como una boca que está soplando un instrumento tradicional chino, el sheng. De aquí, este radical gana el valor semántico propio de "las palabras" perdiendo por consiguiente el valor del "sonido" musical. (Lindqvist, 2006)

記 （记）	*jì*	acordarse
詩 （诗）	*shī*	poesía
警	*jǐng*	avisar, alertar
謊言 （谎言）	*huǎng yán*	mentira
言多必失	*yán duō bì shī*	hablar/ mucho/ seguro/ fallar: quien mucho habla, mucho yerra

---

29   En el chino simplificado se transforma así.

59

貝 bèi

" Concha "

Evolución etimológica: Pictograma de las conchas

財 (财)	*cái*	riqueza, dinero
買 (买)	*mǎi*	comprar, adquirir
賣 (卖)	*mài*	vender
貝殼 (贝壳)	*bèi ké*	concha
寶貝 (宝贝)	*bǎo bèi*	tesoro
心肝寶貝 (心肝宝贝)	*xīn gān bǎo bèi*	corazón/ hígado/ tesoro: cariño (apelativo)

60

走 *zǒu*

" Andar, caminar, ... "

Evolución etimológica: La parte superior de su origen muestra una persona con los brazos abiertos y la parte inferior un pie grande, de manera que indica que está corriendo. Así que su semántico primitivo viene a significar "correr"(Zuo, 2005).

趕 （赶）	*gǎn*	alcanzar, apresurarse
越	*yuè*	sobrepasar
逃走	*táo zǒu*	huír
走馬看花 （走马看花）	*zǒu mǎ kàn huā*	andar/ caballo/ mirar/ flores: conocer sólo de forma superficial

61

足 *zú*

" Pie, … "

Evolución etimológica: El origen parece la combinación de una pierna y el pie humano (Huang, 2006).

跑	*pǎo*	correr
跳	*tiào*	saltar
足球	*zú qiú*	fútbol
畫蛇添足 （画蛇添足）	*huà shé tiān zú*	pintar/ serpiente/ añadir/ pies: pintar una serpiente y añadirle patas; arruinar un asunto o negocio haciendo cosas de más, innecesarias

62

車 → 车 *chē*

" Coche, vehículo "

Evolución etimológica: El origen proviene de pictograma de un carro, se reduce posteriormente a una rueda (Huang, 2006).

輪 （轮）	*lún*	rueda
車站 （车站）	*chē zhàn*	estación, parada
火車 （火车）	*huǒ chē*	tren
車水馬龍 （车水马龙）	*chē shuǐ mǎ lóng*	coche/ agua/ caballo/ dragón: carros que pasan como corriente de agua y fila de caballos como dragones; tráfico intenso, atasco

63

金 → 金 *jīn*

" Metal, oro, … "

Evolución etimológica: "Parece el metal encima de la tierra, con el componente superior 今 que aporta el sonido" (Huang, 2006).

銅 （铜）	*tóng*	cobre
金錢	*jīn qián*	oro/ moneda: dinero
美金	*měi jīn*	dólar
一字千金	*yí zì qiān jīn*	una/ palabra/ mil/ oro: palabras valiosas, el conocimiento es más valioso que el oro

64

門 → 门 *mén*

" Puerta "

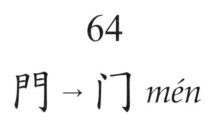

Evolución etimológica: Pictograma de una puerta que se componen por dos batientes de dirección contraria (Huang, 2006).3031

開 [30] (开)	*kāi*	abrir
關 [31] (关)	*guān*	cerrar
出門 (出门)	*chū mén*	irse de viaje
門可羅雀 (门可罗雀)	*mén kě luó què*	puerta/ poder/ cazar/ gorriones: a la puerta se pueden coger gorriones con red; casa abandonada

---

30. 開 → 開
    Evolución etimológica: En la forma izquierda se ven dos manos dentro de una puerta para representar la idea de abrirla.

31. 關 → 關
    Evolución etimológica: Se percibe el cambio de cerrojo antiguo en la evolución histórica de este caracter chino para representar el sentido de cerrar la puerta.

65

雨 *yǔ*

" Lluvia "

Evolución etimológica: Lluvia

雪	*xuě*	nieve
霜	*shuāng*	escarcha
雨天	*yǔ tiān*	lluvia/ cielo: día lluvioso
滿城風雨 （滿城风雨）	*mǎn chéng fēng yǔ*	ciudad/ llena/ viento/ lluvia: armar un gran escándalo

66

非 *fēi*

" No, error, mal, ... "

Evolución etimológica: Su forma primitiva indica que es un pictograma de las alas de un ave, en dirección contraria. De allí provienen el cambio semántico "oponerse o contravenir" y la negación adverbial por ampliación de sentido.

靠	*kào*	apoyarse
是非	*shì fēi*	bien y mal, verdad y mentira
非同兒戲 （非同儿戏）	*fēi tóng ér xì*	no/ como/ niños/ juego: no ser un juego de niños; no tener que tomarlo a la ligera

67

食 → 飠 *shí*

" comida, comer, … "

Evolución etimológica: En la parte inferior de su Jiaguwen se presenta un recipiente lleno del alimento hasta rebosar (véanse los dos puntos), que su cubre con una tapa (Zuo, 2005).

飯 （饭）	*fàn*	arroz (cereales) cocido. comida.
餐	*cān*	comida
早餐	*zǎo cān*	desayuno
午餐	*wǔ cān*	comida de medio día
晚餐	*wǎn cān*	cena
食物	*shí wù*	alimento
食言而肥	*shí yán ér féi*	comer/ palabras/ entonces/ gordo:romper una promesa; faltar a la palabra

68

馬 → 马 mǎ

" Caballo "

Evolución etimológica: Pictograma de un caballo

駕 （ 驾 ）	jià	conducir, guiar
騎 （ 骑 ）	qí	cabalgar
馬上 （ 马上 ）	mǎ shàng	caballo/ arriba: inmediatamente, rápido, en seguida
馬虎 （ 马虎 ）	mǎ hū	caballo/ tigre: regular (ni bien ni mal); actuar sin cuidado
指鹿為馬 （ 指鹿为马 ）	zhǐ lù wéi mǎ	señalar/ ciervo/ como/ caballo: manipular la verdad; pasar gato por libre

69

魚 → 鱼 yú

" Pez, pescado "

Evolución etimológica: Pictograma de un pez

鮮 （鲜）	*xiān*	fresco, delicioso, sabroso, nuevo
魚丸 （鱼丸）	*yú wán*	bola de pescado
如魚得水 （如鱼得水）	*rú yú dé shuǐ*	como/ pez/ obtener/ agua: como pez en agua

70

鳥 → 鸟 niǎo

" Pájaro "

Evolución etimológica: Pictograma de un pájaro

鳴 （鸣）	*míng*	canto de las aves, piar
小鳥 （小鸟）	*xiǎo niǎo*	pajarito
鳥語花香 （鸟语花香）	*niǎo yǔ huā xiāng*	pajaro/ cantar/ flor/ oler: paisaje primavera

BIBLIOGRAFÍA DE LA PRIMERA PARTE

AITCHISON, J., (1987). *Words in the mind.* Oxford: Basil Blackwell.

ALEMANY Y BOLUFER, J., (1920). *Tratado de la formación de la lengua castellana: la derivación y la composición.* Madrid: Victoriano Suárez.

ALMELA PÉREZ, Ramón, (1999). *Procedimientos de formación de palabras en español.* Barcelona: Editorial Ariel, S. A.

ALVAR EZQUERRA, Manuel, (1983). "El acortamiento de palabras", en *Diccionario de siglas y abreviaturas,* ed. por M. Alvar Ezquerra y A. Miró Domínguez, Madrid, Alhambra.

BUSTOS GISBERT, Eugenio de, (1986). *La composición nominal en español.* Salamanca: Ediciones Universidad de Salamanca.

CASADO VELARDE, Manuel, (1999). "Otros procesos morfológicos: acortamientos, formación de siglas y acrónimos", en *Gramática descriptiva de la Lengua Española,* ed. por Ignacio Bosque y Violeta Demonte, Madrid: Espasa Calpe, pp. 5075-5096.

CHAO, Yuen-Ren, (1980). *Zhong guó huà de wén fâ(Gramática del chino),* Hong Kong: Zhong Wen Da Xue Chu Ban She.

CHEN, Hsuan-Chih, (1992). "Reading comprehension in Chinese: implications from character reading times", en *Language processing in Chinese,* ed. por Hsuan-Chih Chen y Ovid J. L. Tzeng. North-Holland: Elsevier Science Publisher B. V.

CHEN, C. M., (1982). "Analysis of present-day Mandarin", en *Journal of Chinese linguistics,* 10, pp. 282-357.

HERDAN, Gustav, (1964). *The structuralistic approach to Chinese grammar and vocabulary.* The Hague: Mouton & Co.

HOOSAIN, Rumjahn, (1992). "Psychological reality of the word in Chinese", en *Language processing in Chinese,* ed. por Hsuan-Chih Chen y Ovid J. L. Tzeng. North-Holland: Elsevier Science Publisher B. V.

HUANG, J. T. y I. M. Liu (1978). "Paired-associated learning proficiency as a function of frequency count, meaningfulness, and imagery value in

Chinese two-character ideograms", en *Acta psychologica taiwanica*, 20, pp. 5-17.

HUANG, Jong-Tsung y WANG, Man-Ying, (1992). "From unit to gestalt", en *Language processing in Chinese*, ed. por Hsuan-Chih Chen y Ovid J. L. Tzeng. North-Holland: Elsevier Science Publisher B. V.

KALGREN, B., (1923). *Sound and symbol in Chinese. London:* Oxford.

KRATOCHVIL, Paul, (1968). *The Chinese language today.* London: Hutchinson.

LANG, Mervyn F., [Adaptación y traducción: Miranda Poza, Alberto], (1992). *Formación de palabras en español. Morfología derivativa productiva en el léxico moderno.* Madrid: Ediciones Cátedra, S. A.

LI, Charles N. y THOMPSON, Sandra A., (1981). *Mandarin Chinese. A functional reference grammar.* University of California Press.

MCDONALD, Edward, (1994). "Completive verb compounds in Modern Chinese: a new look at an old problem", en *Journal of Chinese linguistics*, pp. 317-362.

MARCO MARTÍNEZ, Consuelo, (1988). *La categoría de aspecto verbal y su manifestación en la lengua china.* Universidad Complutense de Madrid, tesis doctoral.

MARCO MARTÍNEZ, Consuelo y LEE, Wan-Tang, (1998). *Gramática de la lengua española: para hispanohablantes.* Taiwan: Editora Nacional de Taiwan.

MENÉNDEZ PIDAL, Ramón, (1994). *Manual de gramática histórica española.* Madrid: Espasa-Calpe.

MIRANDA, J. Alberto, (1994). *La formación de palabras en español.* Salamanca: Ediciones Colegio de España, 1ª edición.

PENA SEIJAS, Jesús, (1991a): "La palabra: estructura y procesos morfológicos", en Verba, 18, pp. 69-128.

PENA SEIJAS, Jesús, (1991b): "Consideraciones en torno a la 'palabra' y al 'morfema'", en Homenaxe ó profesor Constantino García, I, cood. por Mercedes Brea y Francisco Fernández Rei, Universidad de Santiago de Compostela, pp. 365-373.

PENA SEIJAS, Jesús, (1994-1995). "Formación de palabras, gramática y diccionario", en Revista de lexicografía, I, pp. 163-181.

PENA SEIJAS, Jesús, (1995). "Sobre la definición del morfema", en *Lingüística española actual*, 17:2, pp. 129-141.

RICHTER, Gunnar, (1993). "Affix-imposed conditions in Chinese word formation", en *Cahiers de linguistique Asie Orientale*. Paris: France (CLAO), 22:1, pp. 31-47.

ROSS, Claudia, (1990). "Resultative verb compounds", en *Journal of the Chinese language teachers association*, XXV, 3, pp. 61-83.

SERRANO-DOLADER, David, (1995). *Las formaciones parasintéticas en español*. Madrid: Editorial Arco Libros, S. L.

SERRANO-DOLADER, David, (1999). "La derivación verbal y la parasíntesis", en *Gramática descriptiva de la Lengua Española*, ed. por Ignacio Bosque y Violeta Demonte. Madrid: Espasa Calpe, pp. 4683-4754.

SUMMERS, James, (1863). *A handbook of the Chinese language*, Oxford: The University Press.

VAL ÁLVARO, José Francisco, (1999). "La composición", en *Gramática descriptiva de la Lengua Española*, ed. por Ignacio Bosque y Violeta Demonte. Madrid: Espasa Calpe, pp. 4757-4841.

BIBLIOGRAFÍA DE LA SEGUNDA PARTE

Diccionarios:

《中文大辭典》The Encyclopedic Dictionary Of The Chinese Language. Taipei, Published by Chinese Culture University Hwakang, Yang ming shan, 1993.

《辭源》(Fuente del chino clásico). Taipei: Shangwu, 1989.

《漢語大字典》(Gran diccionario de la lengua china). 8 Tomos, Wuhan: Sichuan Cishu, 1987.

MATEOS, Fernando; Miguel OTEGUI; Ignacio ARRIZBALGA, Diccionario español de la lengua china. Taipei: Leader Book Company, 1977.

Wu, Lunyi Hanzi xiangjie zidian. Chengdu: Sichuan Renmen，2001

Zuo, Minan Xi shuo han zi-1000 ge han zi de qi yuan yu yan bian. Beijing: Jiuzhou, 2005.

Libros:

Huang Peirong Hanzi jiaoxue de lilun yu shijian. Taipei: Luxue, 2006

Lindqvist, Cecilia Han zi de gu shi. Taipei: Maotouying, 2006.

Curso de Escritura China. Los 70 radicales. Zaragoza: Prensas Universitarias de Zaragoza, 2008.

國家圖書館出版品預行編目資料

華語說詞解字 / 何萬儀, 劉莉美 著. -- 一版. --
新北市 : 淡大出版中心, 2018.10
　面 ；　公分. -- (專業叢書 ; 20)
ISBN 978-986-96071-5-5(平裝)

1.漢語教學 2.教材教學

802.03　　　　　　　　　　107015130

專業叢書：PS020　　　　　　ISBN 978–986–96071–5–5

華語說詞解字 Lengua china: Morfologa y Etimologa

作　　者	何萬儀，劉莉美 著
主　　任	歐陽崇榮
總 編 輯	吳秋霞
行政編輯	張瑜倫

封面設計	斐類設計工作室
印 刷 廠	中茂分色印刷事業股份有限公司

發 行 人	張家宜
出 版 者	淡江大學出版中心
	地址：25137 新北市淡水區英專路151號
	電話：02–86318661/傳真：02–86318660
出版日期	2018年10月 一版一刷
定　　價	520元

總 經 銷	紅螞蟻圖書有限公司
展 售 處	淡江大學出版中心
	地址：新北市25137 淡水區英專路151號海博館1樓
	電話：02–86318661　　　傳真：02–86318660
	淡江大學—驚聲書城
	新北市淡水區英專路151號商管大樓3樓